SARAH

Ich bin gekommen

Buch

Sarah ist zwanzig Jahre alt und studiert Philosophie in Paris. Und sie liebt alles, was Lust verspricht und Konventionen sprengt. Sie ist eine junge Frau mit ausgeprägten sexuellen Fantasien: Kinofilme, orientalische Märchen, Fotomagazine, all die Bilder, die sie in ihrem Kopf trägt, begleiten sie stets, und es bereitet ihr größtes Vergnügen, sich ihnen zu überlassen. Ihre Neugier kennt keine Grenzen, wenn sie die Welt des Begehrens erforscht. Abenteuerlustig stürzt sie sich in die verschiedensten Affären und kostet alle Spielarten der Liebe. Mit jeder Faser ihres Körpers lässt sich die experimentierfreudige Sarah auf diese sexuellen Beziehungen ein – hingebungsvoll, gierig und getrieben von der brennenden Sehnsucht nach Erfüllung, die ihr Körper ihr hartnäckig verwehrt. Und so ist neben dem Rausch der Begierde stets die Angst in ihr, dass sie zur Liebe nicht taugt, dass sie nie einen Orgasmus haben wird. Sie spürt, es ist noch ein weiter Weg zu ihrem Glück, und so vergräbt sie sich schließlich in ihre Bücher und kehrt der Männerwelt den Rücken. Bis sie eines Tages André kennen lernt, einen sehr viel älteren Mann. Und in den Armen dieses erfahrenen Liebhabers findet Sarah endlich die Erfüllung, von der sie nicht mehr zu träumen gewagt hätte.

Autorin

Sarah ist zwanzig Jahre alt und studiert Philosophie in Paris. Sie schreibt unter einem Pseudonym, um ihre Familie zu schützen.

Sarah

Ich bin gekommen

Aus dem Französischen
von Gaby Wurster

GOLDMANN

Die französische Originalausgabe
erschien 2002 unter dem Titel »J'ai joui«
bei Éditions Anne Carrière, Paris

Umwelthinweis:
Alle bedruckten Materialien dieses Taschenbuches
sind chlorfrei und umweltschonend

1. Auflage
Taschenbuchausgabe August 2004

Umschlaggestaltung: Design Team München
Umschlagmotiv: Photonica/Tenneson
Druck: GGP Media GmbH
Verlagsnummer: 45763
KvD · Herstellung: Str
Made in Germany
ISBN 3-442-45763-7
www.goldmann-verlag.de

Ich rief meine Freundin Charlotte an und teilte ihr die Neuigkeit mit. Sie schrie vor Freude auf. Wahrscheinlich weiß bald die ganze Stadt, dass ich gekommen bin – die ganze Stadt, oder besser das, worauf sie sich für mich reduziert: zwei Dutzend Freunde und Freundinnen. Weder meine Eltern wissen etwas noch meine Schwester, mein Bruder oder meine Großmutter. Die anderen Leute existieren für mich nicht. Und für sie bin ich lediglich eines dieser vielen jungen Mädchen, das ihre Blicke kreuzt. Für die Frauen – nichts Besonderes, manchmal ein paar Fragen wert. Für die meisten Männer – ein Beutestück, ein Objekt der Begierde (ein Arsch, ein Busen, ein Mund, wiegender Gang; lange Beine, die man spreizen kann; Hände, die berühren, streifen, streicheln, drücken können und mehr … und Augen, die aufreizend blicken. Ich weiß, dass es so ist. Man hat es mir immer wieder vorgeworfen.) Ich bin zwanzig Jahre alt, doch ich fühle mich wie hundert, wie tausend. Was weiß ich … Ich bin gekommen, ich bin anderswo. Ist es das, das Glück?

Zwanzig! Bald einundzwanzig …

Die Hand, die mir diese neuartige Lust schenkte, ist dreißig Jahre älter als mein Körper. Das musste wohl so sein. Mein »Alter Lover«, wie er sich kapriziös nennt, war zu Anfang des Jahres 2001 fünfzig Jahre alt.

2001, das Jahr meines ersten Orgasmus. Daran hatte Kubrik bestimmt nicht gedacht. Ich will es verkünden, will erzählen, wie es dazu kam. Nun, da die Frauen Tag für Tag kühner werden und ihre Geheimnisse enthüllen, will ich auf dieser Welle mitschwimmen und ein für alle Mal die Vorstellungen zerschlagen, die sich die Männer von unseren Begierden und unserer Lust gemacht haben.

Ich bin zwanzig Jahre alt und ich bin gekommen. Ist es blöd, stolz und glücklich darüber zu sein? In jenem Jahr zählte für mich nichts anderes, nicht einmal die Tatsache, dass ich mein Philosophiestudium mit Auszeichnung absolviert habe. Ich wollte kommen und ich bin gekommen. Ein Abenteuer, das besser ist als manch andere Schweinerei im Namen der Menschheit – wenn ich damit vielleicht auch einige wieder gutgemacht habe. Wer weiß?

Ich bin zwanzig und weiß schon lange, dass ich die Lust liebe. Bis zum Wahnsinn. Ich weiß auch, wie stark mein Verlangen ist, es schenkt mir einen Rausch, der mich anzieht und abschreckt zugleich. Seit langem ist meine Vorstellung von bewegten Bildern besetzt. Oft – zu oft, aber so ist es eben – sehe ich Körper, die sich einander zuwenden, Hände gleiten über Haut, Finger umschließen Penisse. Hart, stark ... und geheimnisvoll. Wie sind sie beschaffen? Ähneln sie sich? Was weiß ich von ihnen, abgesehen davon, dass es lange, dicke, harte gibt? Ihre Haut, ihr Umfang, ihre Kraft ...? Es sind Bilder, sie sind nicht spürbar; gewissermaßen nicht existent, außer als eine Versuchung, die nicht greifbar ist. Habe ich diese Bilder im Kino aufgeschnappt? In Fotomagazinen? In Museen zwischen hehrer Kunst? Überall eigentlich. Diese Abschweifungen meiner Gedanken beherrschen mich. Manchmal kommen die Bilder im Wachen, egal wo – im Bus, auf der Straße, in der Vorlesung, in meinem Zimmer, auf dem Bett, auf dem Rasen im Park, im Zug. Ja, sehr oft im fast unmerklichen Schwanken eines dahinrasenden Zuges. Dann schwellen meine Lippen an, ich stehe im Bann meiner Atemlosigkeit. Zwischen meinen Schenkeln spüre ich eine Feuchtigkeit, die auf etwas verweist, das ich noch nicht kenne. Bin ich normal? Die meisten meiner Freundinnen haben ihre Jungfräulichkeit schon vor Urzeiten verloren, ich aber habe bis zum letzten Jahr gewartet und Eric hineingleiten lassen …

Was habe ich nur getan? Eric – Frédérics bester Freund! Mein Frédéric, der mich seit Trimesterbeginn umwarb, mein Frédéric, mit dem ich lediglich knutschte und bei dem ich gerade mal einen leichten Abdruck meines Körpers in der Erinnerung seiner starken Arme hinterließ! Warum Eric und nicht Frédéric? Warum der eine und nicht der andere? Warum nicht beide gleichzeitig? Wo liegt die Wahrheit?

Es geschah an einem verregneten Samstag. Eric, ein Kommilitone, lud mich zu sich nach Hause ein, um eine Vorlesung nachzuarbeiten. Was dann passieren sollte, hätte ich niemals erwartet. Seit Wochen erkundete ich den Mund seines besten Freundes Frédéric; ich mochte seine Lippen und seine Zunge, die unsere Liebkosungen begleiteten und immer neue Überraschungen ersannen. Wenn er mich in seine Arme schloss und an sich drückte, war mir, als wollte er uns in einen einzigen brennenden Leib verwandeln. Ich bebte vor neuen, stummen Empfindungen. Natürlich war ich nass wie niemals zuvor, und doch stieß ich seine Hand immer zurück, wenn sie sich an meinem Höschen zu schaffen machte; ich weiß nicht, warum; wahrscheinlich aus Angst. Er war stärker als ich, aber schüchterner und ganz unsicher, Frédéric, mein kleiner Poet!

Eines Abends spät nach einem Seminar legte ich im Schatten einer Straßenlaterne vor seinem Haus die Hand auf seinen Hosenschlitz. Sein Glied war hart, es drückte gegen seinen Bauch und hob sich Richtung Hosenbund. Ich traute mich nicht, den Reißverschluss aufzuziehen und es in die Hand zu nehmen, obwohl ich schreckliche Lust dazu hatte. Und so streichelte ich sein Glied, seinen Schwanz, seinen Ständer durch den Stoff hindurch. Meine Hand war entschlossen, aber ich zitterte am ganzen Leib, meine Beine waren wie Butter und hielten mich bestimmt nur noch aus Gewohnheit aufrecht. Ich versuchte, in meiner verstörten, aber hemmungslosen Vorstellung die Form seines Glieds nachzuzeichnen. Sein Atem ging schneller. Seine Zunge bewegte sich so langsam wie noch nie in meinem Mund. Bange zog ich meine Hand zurück und machte mich los. Nein! Er nahm mich wieder in den Arm und sagte: »Ich liebe dich.« Und da musste ich plötzlich schallend lachen. Liebe – so ein Unsinn! Armer Frédéric!

Eric lud mich also ein, Tee zu trinken und zu lernen. Niemals hätte ich an Liebe oder Sex gedacht – ich dachte nur an den lustfeindlichen Kant.

Am Nachmittag nahm Eric mich mit zu sich nach Hause, er sagte, endlich wären wir alleine, seine Eltern seien verreist. Das war die erste Neuigkeit. Seine Geschwister waren auch nicht da. Als hätte er alle vertrieben. Oder umgebracht. Vielleicht lagen ihre Leichen nun im Keller …

Eric machte mir plötzlich Angst. Kurz, wir wären allein … ganz allein und ungestört, wie er sagte; dabei war sein Mund leicht verzerrt, wie ich nicht ohne Sorge feststellte.

Um die Fronten zu klären, sagte ich, dass Frédéric möglicherweise noch vorbeikommen wollte.

Frédéric und ich hatten schon als Studienanfänger im überdachten Innenhof der Uni geknutscht; Eric hatte uns zusammen gesehen, er musste es wissen. Ich setzte mich auf den Stuhl vor Erics Schreibtisch, der einen Teil des Zimmers ausfüllt, und schlug mein Buch auf. Eric sah mich an. Wie soll ich dieses Etwas beschreiben, das sich im Blick eines Mannes verbirgt? In diesen Augen sah ich es. Doch ich konnte die Zeichen des aufziehenden Sturms nur schlecht deuten – dieses Irre, dieses Starre im Blick, das jenseits der normalen Sehtätigkeit liegt und mich überwältigen sollte.

Wir rekapitulierten die letzte Vorlesung des Profs, den wir wegen seiner Strenge und Klugheit so mochten, und ich – warum sollte ich es mir nicht eingestehen? – wegen seines Arschs und seiner geheimnisvollen Art. Dann wurde Eric still. Ich begriff gar nicht richtig, wie es kam – plötzlich stand er hinter mir, strich über meine Brüste und drückte seine Lippen auf meinen Hals. Ich war überrascht. Ich konnte (oder wollte?) mich nicht entziehen und fing an zu beben unter diesen Küssen, mit der er die Haut unter meinem Haar bedeckte und dort nie gekannte, seidig weiche Schneckenlinien zog.

»Eric, Eric …«

Eine schwache Gegenwehr. Seine Zunge leckte

diese geheime, vom Haar geschützte Stelle, als wäre es ein Salzblock. Ah, wie er lechzte! Er sog meinen Duft ein. Er summte und brummte wie eine Hummel und verwandelte mich in eine Blume oder ein … ich weiß nicht was – alles auf einmal. Ich wand mich, schlingerte, ging unter wie ein Schiff, dabei war das Meer doch weit. Ich sah nichts mehr, dabei war es doch hell.

War das Wollust? Ich klammerte mich an die Texte zur philosophischen Realität im Buch vor mir, doch ich erkannte gerade noch, dass die Worte sich überlagerten. Die *Prolegomena zu einer jeden künftigen Metaphysik* verloren ihren Sinn, und ich verlor jede Zurückhaltung. Ich war verloren. Vor einer Woche war ich zwanzig geworden, nun machte Erics Speichel meinen Hals zu einem Meer, über das ein bislang nie gekannter Sturm fegen sollte. Mein Schoß pochte wie ein Herz, das ich unter Kontrolle bekommen wollte. Vergebens.

Ich drücke meine Schenkel aneinander, will mich wehren.

»Aufhören, hör auf …«

Ein Verb im Imperativ, aber der Ton ist sanft, eher ein Hilferuf, weil ich die Beute bin und er der Jäger ist. Die älteste Sache der Welt. Dann dreht

Eric den Stuhl. In einer Hand hält er seinen erstaunlich steifen Schwanz, den er aus der Hose geholt hatte, ohne dass ich es merkte, mit der anderen Hand packt er meinen Kopf und drückt meinen Mund hin zu der glänzenden Haut dieses Körperteils, das offenbar nur dazu da ist, mich zu nehmen.

»Blasen!«, befiehlt er.

Eric ist stark. Sein Glied ist hart wie Stein, wie eine Peitsche aus gespanntem Leder, aus gegerbtem Leder. Ich sitze auf diesem Stuhl, wo er mich gefangen hält. Ich weiß nicht mehr, was tun. Schreien? Wie denn? Mit diesem riesigen Bonbon, das er mir in den Mund schiebt? Ein gutes Bonbon, ein leckeres Bonbon, ein ganz neues Bonbon. Oh, wie ich dich will, du Ding meiner Träume!

Mein Körper will Teil der Bilder werden, die mein Denken beherrschen. Mit beiden Händen packe ich also den Schwanz vor meinen Augen. Ich lasse ihn ganz in meinen Mund gleiten, drücke ihn mit den Fingern und spüre die Spannung, spüre dieses Verlangen nach Implosion, nach Explosion. Ich mache meinen Mund weit auf, hole Luft, streife mit der Zunge über diese heiße Haut und lecke zum ersten Mal dieses unergründliche Objekt der Begierde, dieses anziehende und zugleich abstoßende Ding. Eric steht aufrecht, er hält meinen

Kopf, streicht über mein Haar, drückt sich in meinen Mund, an meine Zunge, die nicht weiß, wo verweilen, schiebt sich zwischen meine Lippen, die ihn umschließen und an ihm saugen. Für mich ist es das erste Mal. Er schmeckt gut, seine Stöße sind kräftig. Manchmal bekomme ich keine Luft. Ich werde hier ersticken. Hure! Ich bin eine Schwanzlutscherin, eine Hure. Er hat mich seinem Willen unterworfen, ja, o ja! Mir schwirrt der Kopf. Er demütigt mich, macht mich zu seiner Sklavin. Dieser Schurke vergewaltigt mich. Ich will diesen Schwanz, der meinen Mund ausfüllt und meine Zunge beschäftigt, während meine Hände ihn immer stärker reiben und drücken. Ich habe Angst vor dem, was passieren kann. Ich habe Angst, ihm wehzutun. Ich bin ganz durcheinander.

Und in diesem Augenblick klingelt es.

Erschrocken zieht Eric ihn aus meinem Mund. Es läutet wieder, dieses Mal länger. Eric ist wie erstarrt, er sieht mich an und geht auf die Knie. Seine Zunge schiebt sich in meinen Mund, während er mich an sich zieht und mich wiegt. Wir fallen auf den Teppich, den sein Vater aus Afghanistan mitgebracht hat. Nicht Joseph Kessels Steppenreiter springen mich an, auch nicht die kleinen sowjetischen Panzer, deren Abbilder unser Lager säumen –

sondern ein wild gewordener Eric. Er reißt mir T-Shirt und BH vom Leib und knetet meine Brüste wie ein Wahnsinniger. Er tut mir weh. Seine Lippen gleiten von meinem Mund ab, mit einer Hand schiebt er den Rock hoch. Ich will weg, will ihm entkommen. Das ist mir zu viel. Zu gefährlich. Es tut weh. Seine erfahrene Hand stürzt sich gierig auf meinen Schoß wie ein Tier auf seine Beute. Ich spüre, wie er den Stoff des knappen Baumwollslips – ein Geschenk meiner Großmutter – zur Seite schiebt. Und dann, mit einem unglaublich starken Lendenstoß, dringt er in mich ein.

Bin ich nass! Er hat sich nicht mal die Mühe gemacht, mir die Unterhose auszuziehen. Er hat meine Beine angehoben und ohne Vorwarnung sein Glied in meinen gierigen, offenen Schoß gesteckt, dem bis dahin noch niemals Gewalt angetan worden war.

Ich schreie. Er hat mein Jungfernhäutchen durchstoßen … und er kommt. Ich nicht. Ich habe Angst, ein Kind zu bekommen.

Ich weine.

Zum Trost verspricht er, mir in den kommenden Tagen mit jedem seiner zehn Finger einen Orgasmus zu bescheren. Er ist zweiundzwanzig, er glaubt, er weiß alles, aber das wird ihm niemals gelingen, weil er mir Angst gemacht hat. Er glaubt, etwas zu sein, was er noch nicht ist – sicherlich eine schmerzhafte Phase der Jugendzeit. Außerdem träume ich nicht von den zehn Fingern seiner Hände, sondern von einer Hand mit zehn Schwänzen. Ob es so etwas wohl mal für mich gibt und es mir die höchste Lust schenkt?

Er ist gekommen. Ich nicht. Was wird aus mir? Ich bin das Allerletzte.

Eine Nacht ist vergangen. Das musste sein, bevor ich mit Charlotte sprach. Charlotte, meine beste Freundin, meine Schwester, mein Zwilling, mein Schutzengel, mein Glück. Mit ihr habe ich mich niemals alleine gefühlt auf dieser Welt.

»Das war's.«

Gestern Nachmittag erzählte ich ihr alles, ohne das Geringste auszulassen. Sie hörte mir zu und traute sich kaum, mich zu unterbrechen, aus Angst, es könne ihr bei der Schilderung dieser Momente, auf die wir alle so gewartet hatten, die kleinste Kleinigkeit entgehen.

»Schrecklich! Es war schrecklich!«

»Hattest du Schmerzen?«

»Ja, klar! Aber das ist schon vorbei.«

Ich redete, das Telefon in einer Hand, die andere Hand auf der Brust. Ich redete mit Charlotte wie mit mir selbst, nur dass ich laut sprach und die Resonanz meiner Stimme die Luft um mich herum in Schwingungen versetzte. In meinem Jungmädchenzimmer dauerten die Vertraulichkeiten mit meiner teuersten Freundin immer Stunden. Bei unserem Tratsch ließen wir kein Detail aus. So sind Mädchen eben. Die Jungs denken oft, wir seien nicht in der Lage, einen Schwanz in all seiner Nacktheit zu sehen, aber da täuschen sie sich. Und als Charlotte, die immer noch Jungfrau war, wissen wollte, wie Erics Schwanz war …

»Hm, er ist lang, dick an der Wurzel und nach oben hin verjüngt er sich ein wenig. Und seine Eichel ist rosig; wie eine kleine, spitze Pilzkappe schob sie sich bei der Erektion aus der Vorhaut …«

»Was wird Frédéric dazu sagen?«

»Was denkst du?«

»Dass er nichts davon erfahren sollte.«

Charlottes Rat. Man konnte ihn annehmen oder verwerfen. Wie immer.

»Wie gerne wäre ich an deiner Stelle gewesen! Siehst du ihn wieder?«

Eine schnelle Überlegung, und die Entscheidung steht fest.

»Nein, ich werde ihm aus dem Weg gehen.«

»Ach, Sarah!«

»Er hat mich schließlich vergewaltigt!«

Wir können Stunden reden, uns immer wiederholen und uns dabei amüsieren. Freundinnen sind so. Charlotte nimmt den besonderen Rang der besten Freundin ein, sie ermutigt, tröstet, sie verzeiht alles, sie hört immer zu, sie kommentiert unermüdlich. Sie kann eifersüchtig werden, ohne boshaft zu sein, man kann mit ihr und durch sie alles erleben, was das Leben an Überraschungen und Offenbarungen, an Freud und Leid zu bieten hat. Sie ist wie eine Doppelgängerin.

Ich bin zwanzig und ich bin keine Jungfrau mehr. Meine Eltern wissen nichts. Meine Mutter weiß nicht mal, dass ich bei einem Gynäkologen war, einem Freund von ihr; er hat mir die Minipille verschrieben und mir Ratschläge erteilt. Ich soll mich vor Aids hüten und vor einer Schar anderer Krankheiten, die man sich beim Sex einfangen kann. Ich hörte ihm zu und war hin und hergerissen zwischen Lachen und Weinen. Und ich hatte unbändige Lust, ihn zu verführen. Ich wusste, dass er mich in seiner Eigenschaft als Arzt betrachtete, aber er lächelte, und ich hätte ihn gerne verlockt. Ich weiß, dass Männer bei meinem geschwungenen Mund von wollüstigen Küssen träumen. Und von intimeren Liebkosungen – das weiß ich jetzt auch. Einen Mann zu erregen ist nicht schwierig. Das weiß ich, seit sich meine Brüste unter den engen schwarzen T-Shirts abzeichnen, die ich so gerne trage. Männer kommen sich vor wie Eroberer. Wenn man ihre Blicke erwidert, wird ihr Verlangen erwidert. Scheint mir einfach gestrickt zu sein, so ein Mann.

Ich habe mittellange braune Haare, fein und seidig. Man sagt, ich rieche gut. Meine Ballettlehrerin hat das vor all den anderen Mädchen gesagt, die bei den Arabesques immer so furchtbar schwitzen. Und von meiner Großmutter habe ich das lebhafte Blau meiner Augen geerbt, die stechend geworden sind, weil sie die anderen immerzu beobachten. Manchmal bekomme ich zu hören, ich sei eine Kreuzung zwischen einem Adler und einer Sirene. Was für ein Schicksal erwartet mich also? Jacques Trouplin, der Gynäkologe und Freund meiner Mutter, widerstand jedoch diesem hitzigen Weib, das ohne jede Hemmung vor ihm lag.

Vielleicht – das heißt, ganz sicher hat er die Sache durchschaut. Für ihn bin ich ein Mädchen wie jedes andere, ein Mädchen, das eben seine Reize testet. Er sieht mich immer noch zärtlich an, doch dieses Mal lässt mich sein Lächeln erröten. Kann er meine Gedanken lesen? Er ist Gynäkologe, er liebt und kennt die Frauen. Er muss wissen, dass ich seine Begierde anfachen möchte. Hat er Abenteuer mit Patientinnen? Mit jenen Frauen, in die er mit

Gummihandschuhen eindringt? Die er im Licht und mit der Lupe betrachtet?

Er sagt, Sex sei eine schöne Sache und die Liebe würde sie noch schöner machen. Wenn er zwischen beidem wählen müsse, würde er die Liebe vorziehen, sie sei seltener und kostbarer. Und da er weiß, dass ich mich für Philosophie interessiere, fügt er hinzu, ich solle mich reichlich dessen bedienen, womit der Geist die Triebe erhöht. Liebe machen? Ich weiß nicht, was Liebe ist. Für mich sind Frauen und Männer gleichermaßen von animalischer Begierde getrieben. Das sage ich, weil mich dieses Phänomen nicht loslässt: Ich könnte ohne Ende dabei zusehen, wie sich Blicke von Männern und Frauen kreuzen, wie sie sich in Weibchen verwandeln, in lebendige Beute, in Spieleinsätze aus Fleisch und Blut, in Fleischpakete zum Kneten. Ich hasse diese herrischen und niemals zufriedenen Blicke. Der Rest scheint mir heute nur noch ein Rollenspiel zu sein. Das gesellschaftliche Leben ist durch Konventionen geregelt, die von Tag zu Tag neu angepasst werden, damit sie den Lauf der Jahrhunderte überleben. Was man auch sagt, was man auch denkt, und wenn man es auch von sich weist – vorherrschend ist eine wilde Triebhaftigkeit, die in zwischenmenschlichen Beziehungen durch Umgangsformen und einen entsprechenden Sprachgebrauch kaschiert wird. Ich hingegen möchte provokativ »Schlampe« genannt werden. Nicht Sarah – Schlampe! Danke, Monsieur.

Es ist mir egal, wem ich meinen Mund, meinen Schoß, meinen Arsch hinhalte. Das habe ich vom Kopf her entschieden. Es ist meine Rache. Ich will nicht die Rolle des Mädchens spielen, das sich wehren muss, obwohl es große Lust hat. Ich mag diese Heuchelei nicht, sie ist die Ursache großer Frustrationen, Depressionen und vieler Missverständnisse. Ich mag auch die Normen nicht, diktiert von einer Gesellschaft, die sich immer noch nicht traut, ihre Triebhaftigkeit zu akzeptieren, und Sex zu einer Show degradiert. Beim Spiel Jäger-und-Gejagte mache ich nicht mit. Was spielt es denn für eine Rolle, welche männlichen Körperteile in welche weiblichen Öffnungen eingeführt werden? Abgesehen davon, weiß ich noch nicht, wie es sich anfühlt, wenn ein Glied in meinen Hintern eindringt. Das macht mir Angst ... und Lust zugleich. Ich bin noch nie gekommen, nicht mal mit meinen Fingern, die mir so viel Lust schenken ... bis zu einem Punkt, den ich nicht überschreite. Leider! Ich weiß, dass Sade seinen Dolmancé zu Madame de Saint-Ange sagen lässt: Von hinten, begleitet von Streicheln vorn, ist der Orgasmus garantiert. Küssen, Vögeln, Lutschen – manchmal ist mir das alles zuwider. Auch heute ist wieder so ein gnadenloser Tag …

In meinen Träumen ist das anders. Da haben die Männer Mut, Stolz und eine Schönheit, die nichts zu tun hat mit den Muskelpaketen der Bodybuilder. Im Traum wollen die Männer die Lust der Frauen zur Hingabe noch steigern, verstärken und erhöhen. Manchmal sehe ich mich in der Wüste: In weiße Gewänder gehüllt, werde ich zu einem Nomaden ins Zelt geführt. Kurz mache ich mich dann immer über dieses altertümliche Bild aus ich weiß nicht welchem orientalischen Märchen lustig. Der Mann sitzt vor mir, er sieht mir unendlich lange in die Augen. Er schnippt mit den Fingern und befiehlt seinen Sklaven, mich auszuziehen. Blicke verändern sich, Hände nähern sich. Ich spüre, wie sie mich berühren, über meine Haut streichen, während sie die Kleider wegnehmen. Diese Berührungen verursachen mir einen Schauder, den ich außerhalb meiner Phantasien nicht erlebe. Meine Schultern werden vor den gierigen Augen der Sklaven entblößt, deren Lust allerdings unbefriedigt bleibt. Meine Brüste glänzen im Kerzenschein …

Warum fällt es mir so leicht, Szenen in meiner Vorstellung heraufzubeschwören, wo ich sie doch meinem Körper schenken will?

Nach Erics Schwanz hatte ich Lust auf den von Frédéric. Das war ich ihm schuldig. Dass sein bester Freund ihn betrogen hat, stimmte mich ihm gegenüber noch zärtlicher, denn er glaubt an die Freundschaft und an die Liebe, und er ist so verletzlich. Gottlob wusste Frédéric nichts von dem gelehrigen Nachmittag bei Eric.

Frédéric schrieb mir immer schöne Briefe, die er an einer vereinbarten Stelle in der Garage meines Hauses versteckte. Wochenlang holte ich die Briefe ab, immer in der Angst, von meinen Eltern erwischt zu werden. Frédéric hat sich sehr mit Literatur beschäftigt und schrieb mir lyrische Zeilen, die manchmal so schön klangen wie meine Lieblingsgedichte.

Nach Mitternacht
Sind deine Lippen honiggetränkte Flügel,
Die durch die Nacht schweben
Und sich auf meiner schlafenden Haut
niederlassen.

Mit lüsterner Phantasie lässt er sie leicht um seinen Hals flattern, an seiner Brust hinunterschweben, am Bauch verweilen, seine Haare streifen – die Wälder aus kleinen schelmischen Geistern beschützen die Höhle der Lust, wo der Liebesgott Eros über sein noch schlaffes Glied wacht.

Wenn ich das las, wurde mein Schoß nass, und ich stellte mir vor, wie sich seine Lippen auf meinen offenen Körper drückten. Diese teuflischen Männerlippen! Ich stellte mir vor, wie sie mich liebkosten und schreckliche Dinge mit meinen Brüsten anstellten, die jedes Jahr ein wenig mehr wuchsen. Diese Lippen, die Lippen eines Mannes, der ein Jahr älter war als ich, drückten meinen Busen, leckten meine Haut, kneteten die Höhlen dieser eigenartigen Gefühle, die sich in meinem ganzen Leib ausbreiteten. Für mich waren Küsse wie Quellen, deren Rinnsal unberechenbar floss. Nie gekannte, geheimnisvolle Lust, kaum zähmbar. Köstlich. Köstlich wie ein Leckerbissen. Ein Leben, das man zu einem Schneeball zusammendrückt und auf seinen Freund wirft, der schon über die Posse lacht … Es machte mich verrückt, von diesen Lippen zu träumen, von diesem Schmetterling der Lust, der an meinen Beinen entlangschwebte. Was würde passieren, wenn Frédéric eines Tages vor mir stehen und unsere Kleider zusammen mit seinen Gedichten, die zwischen uns standen, zerknüllen würde? Ich stellte mir verschiedene Szenen vor, wusste jedoch nicht, welche ich wählen und in welchem Rahmen sie stattfinden sollte. Ich wusste ja fast nichts von diesem geheimnisvollen Glück, das reife Frauen Lust nennen, Orgasmus, Höhepunkt. Scheinbar ist er unbeschreiblich. Oder unbeschreiblich komisch?

Diese Arschlöcher von Männern kommen, wann sie wollen. Sie spielen mit mir wie auf einem Instrument ihrer Begierde. Frauen, die Bescheid wissen, sagen mir nicht, was sie empfinden. Das ist nicht sehr solidarisch. Ich bin zwanzig und ich bin ganz allein auf der Welt. Wie durch ein umgedrehtes Fernrohr gesehen, verliere ich mich in den Sternen, die so zahlreich sind, so zahllos!

Vor der Periode kommen die Tränen. Als würde meine Seele sie ausschwitzen und die Welt mit schonungsloser Klarheit überziehen. Sie erscheint mir falsch, diese alte Welt, die andere Menschen als ein Wunder beschreiben. Zum Sterben trist ist sie, diese Welt der Menschlein mit ihren Schwänzen, ihren Launen, ihren Lügen, mit ihrem ganzen Hochmut, mit ihrer Verachtung und ihrer Eitelkeit. Dennoch möchte ich ein Mal kommen und nicht für immer gehen. Es sei denn, beides kommt zusammen, es sei denn, beides kommt sich gleich.

Keiner sagt was. Meine Freundinnen, die blöden Puten, behaupten, sie hätten schon beim ersten oder zweiten Mal einen Orgasmus gehabt. Scheißlügnerinnen. Oder bin ich bescheuert? Vielleicht bin ich auch ganz einfach nicht normal, vielleicht fehlt mir ein Stück vom Frausein. Woher soll ich das wissen? Ich mache mir eben Sorgen.

Wenn ich nicht so viel Wein getrunken hätte. Wenn Frédéric nicht vorgeschlagen hätte, ins Kino zu gehen, während er mich im Lokal heimlich mit einem Fuß unterm Tisch streichelte. Wenn meine Eltern nicht auf die Idee gekommen wären, ins Bett zu gehen, sich auf der Straße von uns zu verabschieden und uns »viel Spaß« zu wünschen. Wenn nicht eine große Menschenmenge an der Kinokasse gewartet hätte, um sich eine Dosis Traum mit offenen Augen zu kaufen. Wenn an jenem Abend meine Periode gekommen wäre und meinen Trauertagen ein Ende gemacht hätte. Dann wäre all das nicht passiert. Zumindest glaube ich das.

Die Kassiererin löschte schnell das Licht in ihrem Glaskasten, und Frédéric war einer von drei Dutzend anderen, die in die Röhre schauten.

»Ausverkauft. Heute können wir den Film nicht sehen.« Und dabei sah er mir in die Augen.

Welcher Film war es? Ich kann mich nicht entsinnen. Doch erinnere ich mich an eine Situation, die mich völlig überrumpelt hat.

Wir gingen zu dem Haus, wo ich bei meinen Eltern wohnte. Frédéric hatte den Arm um mich gelegt und drückte mich an sich, deswegen wankten wir ziemlich. Er wusste nicht – und ich will auch nicht, dass er es weiß –, dass ich mit einem Jungen nicht gern Arm in Arm gehe. Es ist mir unangenehm, das Gleichgewicht und gleichzeitig mit ihm Schritt halten zu müssen. Ich finde das doof. Es war noch nicht ganz halb elf Uhr, das konnte ich an der nächtlich erleuchteten Uhr auf dem Bezirksamt mit ihren riesigen Zeigern ablesen, die aussehen wie Knüppel.

Bei einem Schwenk in unserem Gänsemarsch stießen wir gegen eine große Haustür, die sich vor Schreck über unser plötzliches Auftauchen langsam öffnete. Dahinter, und vor uns, lag eine dunkle Eingangshalle, die nur von einer Art Notbeleuchtung etwas erhellt wurde. Wie eine Höhle! Da war auch ein Teppich, er fühlte sich weich und dick an unter unseren Sohlen. Und plötzlich stürzte sich Frédéric wie in einem Anfall von Wahnsinn auf mich und warf mich auf den Teppich. Frédéric, mein Poet! Mein zart fühlender Frédéric! Aber, Frédéric, was machst du denn da?

Er reißt mir die Bluse vom Leib, schiebt seine Hände unter den BH, der sich auch gleich aufhakt, packt meine Brüste. Ich bin halb nackt, er steckt seine Zunge in meinen Mund, seine Hände gleiten zu meinen Hüften, er zieht mir den Rock aus und schleudert ihn weg – ich weiß nicht, wohin. Mein Höschen widersteht dem Ansturm keine zwei Sekunden. Frédéric hebt meine Beine an und steckt seinen Kopf in meinen Schoß; er ist ganz nass, und mir ist, als würde Frédéric mit der Zunge daraus trinken. Seine Zunge. Diese Zunge. Er leckt mich, lutscht mich, frisst mich auf. Seine Zunge dringt in meine Poritze, er spreizt meine Beine noch mehr, lässt mein Becken kreisen und – es ist ihm egal, ob ich mich schäme – steckt seine Zungenspitze auch in meinen Anus, er leckt und sabbert, und mein Schleim fließt ein in diesen wirren Tanz aus Haut, Körpersäften, Lust und Begierde.

Da dreht er mich um, in der Eingangshalle dieses fremden, großbürgerlichen Hauses, und zwängt seinen Schwanz in meinen Arsch. Zum Glück ist sein Schwanz nicht so dick wie der von Eric! Scheinbar war es auch für ihn das erste Mal, denn kaum hatte ich diese neue Gefühl verspürt, fing er auch schon an zu zittern und zu stöhnen, er kam in meinem Arsch und sank auf meinen Rücken. In diesem Moment gingen alle Lampen in der Eingangshalle an, sie überschwemmten wie auf einer Theaterbühne unsere heißen, mit Schweiß und Sperma getränkten Körper mit Licht – und ein Aufschrei war zu hören. Monsieur und Madame Soundso kamen nach Hause und trauten ihren Augen nicht. Sie gingen an uns vorbei und starrten uns an, vor allem der Mann sah so aus, als hätte er mich am liebsten gepackt und genommen, beim Anblick meiner Brüste, meines Schamhaars und sicherlich auch meiner Arschbacken, die ich zeigte, während wir schnell die Hände ausstreckten und unsere Kleider zusammenrafften.

Clownspantomimen.

Verrücktes, befreiendes Lachen auf der Straße. Der Verehrer und die Arschgefickte. Schlampe und Hinterlader, Bumse ohne Diplom.

Frédéric kam. Ich nicht. Alles ging so schnell und genügte mir bei weitem nicht, und doch war ich mit dem Gift der Lust geimpft. Zieht man denn immer die flüchtige Empfindung der anhaltenden Präsenz eines Gefühls vor? Ist man unersättlich und zum Leiden verurteilt? Findet man sein Heil jenseits des Leidens?

Sein Sperma klebte an meinem Po.

Wie sollte ich danach schlafen? Wie sollte ich erwachen nach einer Stunde Schlaf, die ich der Erschöpfung abgerungen hatte? Wie konnte ich so tun, als sei ich im Kino gewesen und hätte höchstens geflirtet? Meine Mutter hatte sich angewöhnt, keine Fragen mehr zu stellen. Mein Vater ist weise genug einzugestehen, dass er die Frauen sowieso nie begreifen wird. Er liebt uns blind, meine Schwester und mich, aber diese Liebe bringt ihn manchmal aus dem Gleis. Nur die Liebe für meinen Bruder hat er unter Kontrolle.

Wie ich an jenem Morgen unter der Dusche stand, dachte ich: Es ist Zeit, bei meinen Eltern auszuziehen. Unbewusst ließ ich den Wasserstrahl aus dem Duschkopf ganz lange zwischen meine Beine und meine Pobacken laufen. Das Wasser dringt in mich ein. Und dann kommt diese Lust in den vier Wänden des Badezimmers, die mich vom Rest der

Familie trennen. Ein Abenteuer ganz für mich allein. Und ein Gedanke: Frédéric, mehr!

Im Aufzug, der mich ins Parterre brachte, arbeitete ich einen Schlachtplan zum Erringen eines Sieges aus: Ich wollte einen Höhepunkt. Das ist mir die Natur schuldig, ich bin eine Frau. Ein Orgasmus, diese nie gekannte intensive Seinserfahrung, fehlte mir. Und wie bei jedem großen Mangel wurde der Gedanke, der ihn umgibt, zur Obsession. Ich hatte das Gefühl, mich nicht zur erwachsenen Frau entwickeln zu können, wenn ich nicht diese verheißungsvolle Lust erfuhr. Ich wollte den Frust von mir laden, nicht so zu sein wie andere Frauen. Ich wollte normal sein. Und kommen. Ich wollte sagen und es tief in mir spüren: »Ich bin gekommen, ich komme, ich werde kommen«, als wollte ich damit die Liebe zum Leben beweisen, als wollte ich damit einen Pakt besiegeln zwischen dem Leben und seiner Dauer und mich vor all seinen Unwägbarkeiten schützen. Als wollte ich mich mit einem Zaubertrank stärken.

Erster Schritt: Ich werde mir keine Gelegenheit entgehen lassen. Im Lauf der Jahre habe ich gemerkt, dass die Männer mich ansehen. Ich spürte, wie sich mein Körper entfaltete und meine Verführungstechniken immer besser wurden. Frédéric hätte mir einen Orgasmus bescheren sollen, denn er hat es gewagt, mich zu überrumpeln. Diese Eingangshalle, wo ich zum ersten Mal von hinten genommen wurde, hat sich in mein Gedächtnis eingebrannt. Frédéric hat das Unmögliche gewagt. Ich habe ihn geliebt. Das störte mich. Aber was hatte ich denn so geliebt? Seinen Schwanz voller Speichel, der sich in meinen Arsch schob, oder diese gefährliche, gewagte Aktion an jenem Ort? War ich pervers? Frédéric, der Nette … Das Problem mit diesem Jungen war, dass er verzweifelt versuchte, mich mit Liebesversprechungen zu bezirzen, von denen mir ganz schwindlig wurde. Er hatte bereits von Hochzeit, Kindern, von einem gemeinsamen Leben gesprochen. Ich bin zwanzig, ich kann noch nicht auf eigenen Füßen stehen. Ich bin neugierig auf alles, habe aber ganz wenig Selbstvertrauen. Frédéric ging zu weit, er war zu schnell und zu ungeschickt. Vielleicht sollte ich mich zurückziehen und einen Strich unter diese Geschichte machen, die nichts weiter war als eine Erfahrung und eine Tollkühnheit.

Dennoch sah ich Frédéric drei Tage später wieder. Er taucht immer dann auf, wenn man ihn nicht erwartet, und verspricht Dinge, die er nicht halten kann. Doch diesmal hatte er mir eine Liebesnacht versprochen, und ich hatte es mir gemerkt, denn ich wollte, dass er dieses Versprechen hielt.

Er suchte ein Restaurant fürs Abendessen aus und »ein Hotel, wo ich dich liebe«. Der verrückte Träumer!

Hatte er an jenem verheißungsvollen Abend getrunken oder gekifft? Eines von beidem bestimmt, denn die Nacht im Hotel war die traurigste in meinem Leben. Warum erschien es mir plötzlich so unbeschreiblich banal, mich von ihm ausziehen zu lassen? Es war überhaupt nicht sinnlich, als er mir das T-Shirt auszog, meine Schnürsenkel aufband, die Hose herunterzog bis auf den muffigen Teppich … und dann die Socken! Gibt es ein Geheimnis, das einen dazu verlocken kann, Socken »romantisch« auszuziehen? Ich kenne es nicht. Die Füße kleben ein wenig vom Schmutz, ich will gar nicht daran denken.

Frédéric hatte von seinen studentischen Ersparnissen ein Zimmer in einem Ein-Sterne-Hotel bezahlt. »Der Stern, das bist du«, sagte er. Ich? Dann muss er mich aber auch zum Strahlen bringen! Innerlich war ich nur gespannt, kalt und fühllos. Auch dass ich sah, wie fiebrig mein »Verehrer« war und wie eilig er es hatte, mich auszuziehen, ohne zuvor in meiner Phantasie eine Flamme der Lust zu entfachen – das alles ließ mich kalt. Es war, als würde er eine andere ausziehen. Er hakte meinen BH auf. Wollte er sie nun küssen, meine jungen Brüste, die ich zu klein fand, oder nicht? Nein, er strich mir übers Haar und flüsterte mir Gedichte ins Ohr, die er für mich geschrieben hatte. Armer, lieber Frédéric! Ich wusste schon, dass er die Schlacht verloren hatte. Aber es war vor allem meine Niederlage, denn mit diesem verträumten Dichter lief ich nicht Gefahr, den Taumel der Wollust zu erleben, lediglich langweilige Zärtlichkeit, wo ich doch solche Lust auf den großen Schrecken hatte!

Dann schob er seine Hand in mein Höschen und fand die Stelle, die ich selbst so oft gestreichelt hatte. Erstaunlicherweise ging mein Atem schneller. Als ich ihn küsste, hatte ich Lust, seinen Schwanz anzufassen, den er noch in seinen Kleidern verbarg, er war noch vollständig angezogen. Sein Schwanz! Diese Fleischeswucherung voller Blut, die nicht hart wurde, obwohl ich sie mit den Fingern drückte. Frédéric hatte Angst. Schon belasteten zu viele Gefühle die Situation, die er so gründlich vorbereitet hatte. Sein Mund war trocken, die Vögelei endete in einer Bankrotterklärung. Ich wollte seinen Schwanz in den Mund nehmen und mit der Zunge hart machen, wollte das tun, was Eric mir aufgezwungen hatte. Aber Frédéric lehnte verlegen ab. Das sei keine Liebe, meinte er. Doch dass er es so gesagt hatte, als wolle er mich belehren, hat mir gereicht, und ich habe einen Schlussstrich unter unsere Geschichte der Lust gezogen. Das Schlimmste war, dass er seinen Kopf auf meinen Schoß legte. Ich bin doch nicht seine Mutter, ich habe keine Lust auf eine derartige Beziehung! Nein, ich strich ihm nicht übers Haar und tröstete ihn auch nicht. Ich musste nur betrübt feststellen, dass ich doch kein »guter Fick« war, trotz meiner Begierde und meines Engagements auf der Suche nach der höchsten Lust.

Als ich an jenem Abend durch die Straßen ging, hätten alle Häuser in die Luft gehen können, und ich hätte doch nur einen Gedanken gehabt: Liebe – das ist nichts für mich. Ich bin zu gar nichts gut, nicht einmal zu einem Orgasmus. Wie unglücklich ich war! Die Gesellschaft formt Leute, die mir die Lust verderben, auszugehen und ihre Werke zu betrachten. Wo war mein Platz in der Welt? Wer ihn mit zwanzig gefunden hat, ist vielleicht schon tot … Wie trist!

Sie haben Signale. Sie haben Techniken. Sie glauben, neue Waffen zur Verführung zu erschaffen, indem sie nachahmen, was die Illustrierten auf alle möglichen Arten wiederkäuen, um heiße Luft und Papier zu verkaufen, Papier, auf das sie tonnenweise Tinte leeren, nur um nichts zu sagen und um die Leute glauben zu machen, dass alles, aber auch alles enthüllt wird. Lust, Gefallen, Begierde – alles wird in einen Topf geworfen und mit all den Soßen und Pasten aus der Welt der Frauen und Fotzen angerichtet.

Ich bin mit Charlotte im Café verabredet. Andere Freundinnen haben sich zu uns gesellt, sie gackern und kichern und wollen die Aufmerksamkeit der Jungs auf sich ziehen.

Wenn sie wüssten, wie sehr ich sie unter ihrem prächtigen Putz durchschaue, würden sie mir nicht so viel Vertrauen entgegenbringen und mich nach meiner Meinung über dieses Puderzeugs fragen, das dem Teint das gewisse Etwas zur ultimativen Anmache verleiht! Wie dämlich ist diese Angewohnheit, lässig mit der Hand übers Haar zu streichen, das ihnen bis zum Arsch reicht! Zu diesem Arsch, den sie immer im Spiegel anschauen müssen, damit sie wissen, was die Jungs, ihre Kumpel, ihre Opfer, sehen!

Ganz schön eingebildet zu glauben, dass sie außergewöhnlich und erfinderisch sind, dass sie einzigartig sind und den Trumpf des Mysteriums ausspielen können, dass sie im Wirbel der Blicke und der Fragen der erregten Männlichkeit, die nun an unserem Tisch große Töne spuckt, die Entschwindenden spielen können. Die Männer oder Fast-Männer … das Mädchen verzieht den Mund, schmollt oder schürzt die Lippen – und schon beben sie. Wenn ich das sehe, sehe ich auch, wie lächerlich diese Verführungsparaden sind, wo sich die Ungeschicktesten in den Vordergrund spielen und die Männer sich von Trugbildern verleiten lassen. So ist das nun mal. Was tun? Jäher Zorn übermannt mich, ich werde geschwätzig und aufdringlich, erschlage die anderen mit meiner Präsenz, um zu verbergen, was ich weiß, was ich sehe, was ich fühle und was mich so schmerzt. Doch damit nicht genug: Ich störe ihr Spiel, ich nehme zu viel Platz

Hugendubel
www.hugendubel.de
Borsigallee 26
Im Hessencenter
60388 Frankfurt
Tel. 01801/484484

Q U I T T U N G

hompson, Claire
ie Rekrutin
-499-23568-4 7,90 1
yler, Alison
egehrliche Blicke
-499-23684-2 7,90 1
arah
ch bin gekommen
-442-45763-7 7,95 1

Total: 3 23,75 EUR

Bar: 25,00 EUR
Zurück: 1,25 EUR

etrag enthält 1,56 EUR MWSt:
7,00% = 1,56 Netto: 22,19
euernummer: 614/24904
.12.2004 11:49:44 43-2-180
444

Vielen Dank für Ihren Einkauf!
Beleg gilt als Quittung
Steuernummer 614/24904

ein, und nichts entwickelt sich so, wie es soll. Wenn ich dabei bin, lasse ich dieses Spiel nicht zu. Was kann ich dafür? Ich will wahrhaftig sein, will nicht schummeln. Das ist mein Anspruch.

Auch die Männer sehe ich an, bis ich ihre Obsessionen und ihren Mangel an Selbstvertrauen entdecke. In diesem Café, unserer Stammkneipe, ertappe ich sie, wie sie in Fallen gehen, die hell erleuchtet und so groß sind wie Massengräber. Wie naiv sie sind, diese Jungs mit ihren unerfahrenen Schwänzen, die sie in den Hosen verstecken und die sie sicherlich nachts wichsen, wenn sie an uns Miezen denken! Ein Theater, dieses Café – auf der einen Seite die Mädchen, auf der anderen die Jungs. »Der da gefällt mir!« »Ist er nicht süß!« »Die würde ich gerne vögeln!« »Ob sie wohl auch bläst?«

Blicke kreuzen sich. Jungs verführen und anmachen – nichts leichter als das! Man muss nur einem Blick so lange standhalten, bis beide verlegen werden und sie diese Verlegenheit als ein neues Gefühl empfinden. »Mensch, hast du gesehen, wie die mich angeschaut hat?« Es gibt immer Mädchen, die die Unschuld spielen und so tun, als hätten sie sich nichts dabei gedacht. Dann gibt es die Koketten, und es gibt die Schüchternen. Ich werde rot, um zu gefallen; das ist nicht schwierig, wenn man sich darin übt, sich vor den Verführern im ersten Lehrjahr überrascht zu geben. Dabei ist nichts wirklich echt – bis hin zum Dekolleté, das man mit Berechnung zu entblößen wagt und dabei ein wenig bebt, oder den BH, der die Brüste hebt, sie größer und verführerisch macht. Wenn man es darauf abgesehen hat, ist mit diesen billigen Verführungstechniken die Sache oft schon erledigt. Es ist eine Art bewusster Planung; wie bei einer Tänzerin, die dem Publikum Leichtigkeit vorspielt, während es richtige Knochenarbeit ist, ihre künstlerischen Darbietungen so mühelos wirken zu lassen. Für junge Mädchen ist Verführen eine Übung, die sie praktizieren, bis sie wissen, dass sie sie beherrschen. Das Ergebnis liegt auf der Hand. Dennoch weiß ich, dass es Frauen gibt, die diese Tatsache, nämlich Berechnung und Schwindel, leugnen. Und ich weiß auch, dass es andere gibt, die glauben, sie seien immer sie selbst und nur ihr natürlicher Charme würde ihnen zu ihren Eroberungen verhelfen – nicht ihre Technik. Selig sind die Einfältigen!

Und die Männer blicken es meistens nicht. Sie glauben immer noch, sie leben in Zeiten, da ihre Väter den Tanz führten; sie halten die Angebetete im Arm und tun sich wichtig, weil es irgendwann einmal so war … Diese obernaiven Typen glauben, sie würden uns erobern, während in Wirklichkeit wir sie mit unseren kleinen Tricks einfangen.

Annabelle zum Beispiel zieht immer die Aufmerksamkeit aller auf sich, weil sie so gut die Geheimnisvolle spielen kann, indem sie nur flüchtig Fragen in den Raum stellt. Natürlich ist sie unbestreitbar schön, aber ihrer natürlichen Schönheit fügt sie ein ganzes Bündel Techniken hinzu, die allesamt uralt und leicht durchschaubar sind. Manchmal nervt es mich, wenn sie sich in Anwesenheit von Jungs so verändert; sie weiß es, aber es ist stärker als sie. Mit uns, mit den Mädchen, lacht sie und macht sich über ihr Outfit lustig, sie ist natürlich und nett. Doch sobald ein Freier auftaucht, wird sie unausstehlich, eine richtig bescheuerte, blöde Kuh. Wenn man sie fragt, was sie studiert, und wenn sich ein Junge mit braunen Augen und offenem Blick für sie interessiert, werde ich eifersüchtig, gerade so, als würde er mich deshalb nicht beachten, weil man ihn wohl davor gewarnt hatte, dass ich alles analysiere, dass ich diejenige sei, die Philosophie studiert und immer über Büchern hockt, die er bestimmt niemals auch nur aufschlagen würde. Und außerdem zieht Annabelle nur Idioten an. Das ist eine Tatsache.

Charlotte, meine Charlotte, ist die Schönste und braucht keine Hilfsmittel, um Jungs zu verführen. Weil Jungs ihr noch nicht fehlen, weil sie noch nicht weiß, was das ist, weil sie lieber Tennis spielt und ihrem Studium nachgeht. Charlotte hält sich aus diesem Theater heraus. Deshalb liebe ich sie.

In einer Welt, wo der Wert darin liegt, zu gefallen, könnte auch ich eine Scheißverführerin werden. Warum nicht? Wenn man die verführerischen Reize beobachtet und begreift, kommt man zu dem Schluss, dass die Gesellschaft eigenartige Prozesse des Kennenlernens fördert. Und dann braucht man sich später auch nicht wundern, dass aus der ganzen Einsamkeit so viel Trauer entsteht. Es wäre so leicht, sich zärtlich zu liebkosen, zu lächeln, miteinander zu reden und sich einander ohne Hintergedanken zu öffnen. Würde uns das aufgeklärte Denken eines Autors leiten wie die Personen in einem Roman, wäre unser fremdbestimmtes, von außen geregeltes Verhalten weniger absurd.

Die Philosophie hat den Reiz, dass sie viele Menschen, die gegenwärtig damit beschäftigt sind zu leben, zu existieren und die Welt zu erkunden, mit jenen vereint, die schon vor uns lebten und dachten. Die Philosophie bildet eine Bruderschaft, in die man eintreten kann, wenn man mit dem Geist arbeitet, die Stimmen anderer hört und ihren Wegen folgt, um das Ganze und seine Bestandteile besser zu verstehen. Man muss ein bescheidener Reisender sein. Man muss geduldig die Sprache der einzelnen Philosophen erlernen, um Zugang zu diesen vielen Welten zu bekommen. Man muss barfuß gehen und darf nicht glauben, dass alles schon erkannt ist in dieser Welt, die uns umgibt. Menschen werden geboren, sie werden mehr oder weniger ernsthaft und mehr oder weniger großzügig erzogen, manche ziehen Bahnen, die man »Karriere« nennt, und folgen derselben Trasse vom Schulabschluss bis ins Grab. Andere improvisieren, viele verirren sich. Es gibt Unglückliche, Glückliche und solche, die weder das eine noch das andere sind. Es gibt auch überall auf der Welt zufriedene Mittelmäßige, es gibt selbstzufriedene Arschlöcher und am anderen Ende des Seins gibt es auch die ewig Unzufriedenen. Man ist allein, man trifft sich, man heiratet, man bekommt Kinder … Du bist dumm, Mädchen, dass du dich mit solchen Gemeinplätzen aufhältst! Das dachte ich, als ich in einer Illustrierten Hochzeitsfotos von einem Filmstar-Paar sah.

Über die Heirat sagt Sokrates: »Heiratet auf jeden Fall. Kriegt ihr eine gute Frau, dann werdet ihr glücklich. Kriegt ihr eine schlechte Frau, werdet ihr Philosophen, und auch das ist nützlich für einen Mann.« Und die Frau? Wer denkt an die Frauen? Können sie nicht glücklich oder Philosophinnen werden? Indem ich versuche, eine zu sein, sagte ich mir: Ich muss eine neue Rolle erfinden. Ein junges Mädchen will ich nicht sein; das ist zu banal. Und eine Frau bin ich ja leider noch nicht. Kriegerin – das wäre nicht schlecht. Dann werde ich sie zum Duell herausfordern, die überlegene Männlichkeit, werde so tun, als ließe ich mich erobern, und bekämpfe sie, diese Männer, diese angesexten Heuchler, die mit ihren lüsternen und allzu oft uneingestandenen Gedanken um unsere Körper kreisen. Man muss sich nur die Straßen der Stadt anschauen – Orte des Ungesagten, der Lügen, des schönen Scheins, wo sich unzählige Begierden tummeln, Orte des Frustes über all die Zeitverschwendung. Arschlöcher! Ich werde mich ihren Gesetzen nicht unterordnen. Sollen sich mich doch wegputzen mit ihren Muskeln, mit ihrer Kraft, die uns einschränkt – uns, die Kriegerinnen, die wir klüger sind!

Ich war zu einem Rugby-Match eingeladen, wo sich junge Gockel im Rahmen von Spielregeln, die ich nicht richtig kenne, miteinander messen können. Da ich nichts von dem Spiel verstand und mich langweilte, stellte ich mir eine Horde wilder Männer vor, die mit Kampfgeschrei auf schweißnassen Pferden mit schwarzen Mähnen in dröhnendem Galopp einen Hügel meiner Stadt hinunterbrausen. Sie packen mich an den Haaren, nachdem ich gerade zwei Männer mit einem Schlachtermesser getötet habe, das ich in der Mensaküche geklaut hatte. Ein Hüne von einem Mann überrascht mich von hinten, er legt mich quer übers Pferd und presst mich zwischen seine Schenkel und den Hals des Pferdes. Dieser Drecksack! Er ist ganz erregt von seiner Eroberung, er reitet wie verrückt, ist im Blutrausch, im Taumel der Gewalt, der Schreie und der Lust, die er daraus zieht. Auch die anderen Männer haben Mädchen geraubt, junge und weniger junge. Manche Mädchen schreien, heulen, wehren sich, aber sie bekommen Schläge. Die anderen, dazu gehöre ich, warten ab, wie dieser Wahnsinn weitergeht. Es macht den Eindruck, alles sei nur vorgetäuscht, aber das stimmt nicht. Die Pferde galoppieren wie in einem wilden hysterischen Spiel, wie in diesem grausamen Wettkampf, den die Afghanen, ein Volk, das mich sehr fasziniert, Bouzkachi nennen. Doch sie streiten sich nicht um den Balg eines Ziegenbocks, dem sie den Kopf abgeschlagen haben, sondern um uns, um die Mädchen der Stadt, die noch nie vergewaltigt, noch nie genommen wurden, wie es die Männer nun bestimmt tun werden. Wütende Bestien. Perverse Saukerle. Der Reiter drückt mich mit der Hand auf das schweißige Tier, dessen erstaunlich kräftige Muskeln in mein Kreuz drücken. Welchen Tag haben wir? Ja, es musste ja so kommen, dass ich auf dem Feld war. Da war eine große Wiese, und die Sonne blendete die rennenden Menschen. Der Ritt dauert eine Weile. In das Hufgeklapper auf dem Asphalt einer Autobahn, die eigenartigerweise ganz verlassen ist, mischen sich nun Schreie, Pfiffe, Hurra-Rufe und Flüche. Offenbar kann niemand sie davon abhalten, uns in ihre Höhlen zu bringen. Man sieht schon die Fackeln am Ende einer Schlucht aus Granit – hinter der Stelle, wo ich als Jugendliche mit einem Führer geklettert bin, der immer so gern unsern Hintern angeschaut und uns dies auch im Scherz gesagt hat; uns zu nehmen und sich seine Geilheit einzugestehen, hat er nicht gewagt. Die Männer haben uns ausgezogen und uns auf den Felsen gebumst, diese Dreckskerle, diese frustrierten Typen, diese Lügner, diese Heuchler, die immer (oder oft) davon träumen, uns zu vögeln, und es uns nicht (oder nur selten) eingestehen. Wie viele Reiter in den gestreiften Waffenröcken waren es? An die dreißig. Die einen trugen rote, die anderen blaue Uniformen. Wie viele Frauen haben sie sich bei ihrem Fest des Fleisches genehmigt? Zehn, elf, zwölf – nein, mehr: dreizehn, vierzehn, fünfzehn. Fünfzehn Mädchen liegen auf dem Boden im feinen Sand. Fünfzehn, und ich bin dabei. Ich. Sarah. Ein Mann drückt seinen Mund auf meine Lippen, er hält meinen Kopf in beiden Händen, als wolle er mir die Zunge herausziehen. Und schon spüre ich andere Hände auf mir. Sie reißen mir die Kleider vom Leib. Auch die anderen Mädchen sind nackt, entblößt und geschändet. Betatscht, weggeworfen, hin und her gewälzt zwischen Muskeln im dichten, rohen Handgemenge. Manche schreien und wehren sich immer noch. Sie bekommen Schläge, werden ausgelacht. Die Männer umzingeln uns, sie bilden einen großen Kreis um uns und begehren uns mit ihren unzähmbaren, widerspenstigen, wilden Körpern. Es herrscht Stille, dann ertönt ein lang gezogener, durchdringender Pfiff, und die Masse der Männer teilt sich, sie lassen einen kräftigen, schönen Mann mit langen Haaren und nacktem Oberkörper passieren. Er befiehlt uns, auf die Knie zu gehen. Ich hockte am nächsten. Er packt mich an den Haaren, dass ich aufschreie, dann drückt er mein Gesicht an seine dreckigen Shorts, in denen ich seinen harten, langen Schwanz spüre. Ein Mann nimmt meine Hände, legt sie an den Gürtel. Ein zweiter Mann nimmt die Hände einer anderen Frau; es ist eine schöne Brünette, sie hat panische Angst, sie weint und hat ganz geschwollene Lippen vor lauter Heulen. Eine dritte Frau wird hinter dem stehenden Mann platziert, er sagt nichts, aber wir dürfen ihn nicht ansehen. Mit unseren langen schlanken Frauenfingern, denen man Handarbeiten beibringen wollte, schieben wir den Gürtel aus der Silberschnalle, in der eingefasste

Steine funkeln. Wir müssen die Shorts aufknöpfen, während die Männer uns Nacken und Schultern küssen und unsere Brüste drücken. Einer lässt seinen Schwanz über mein Haar gleiten, er schreit auf und drängt mich, seinen Anführer auszuziehen. Das fleischige Glied springt hervor. Die Eichel ist zum Platzen dick, er drückt sie in meinen Mund, dann in den Mund der anderen. Immer wieder schiebt er seinen Schwanz in meinen Mund, damit er noch geiler wird, dann zieht er ihn heraus und schiebt ihn in den Mund der anderen Frau, bis sie würgt. Offenbar macht diesem Rüpel das sadistische Spiel Lust. Die dritte Frau hockt hinter ihm, sie muss ihm den Arsch lecken, ihre Arme umfassen seinen Bauch und unterstützen die Schwindel erregenden Liebkosungen, die ihm unsere Lippen, Münder, Zungen und Finger so verschwenderisch angedeihen lassen. Im rötlichen Schein der Fackeln flimmern die Bilder, ich spüre, wie mein Schoß nass wird, so nass wie nie! Aus den Augenwinkeln sehe ich überall ähnliche Szenen: Männer stehen vor Frauen, sie lassen sich lecken, lutschen und mit den Fingern vögeln. Frauen lassen sich von stöhnenden Rudeln nehmen. Überall Schwänze und dieser Geruch nach schwitzender Haut und fließendem Schleim und bald auch Sperma – wie bei dem

Mann, der sich in meinen Haaren wichst und auf meine Wange spritzt, an den Mundwinkel neben den Lippen, die nach dem Glied seines Anführers schnappen. Dann hebt mich ein Mann hoch wie eine Feder, ein anderer drückt meine Beine auseinander und pfählt mich brutal auf das zum Himmel gereckte Glied. Die Brünette lutscht ihm die Eier und streichelt seine Schenkel, sie leckt meinen Po und meine Schamlippen, meine Möse ist ganz offen und wird von phantastischen Stößen bearbeitet. Der Mann, der mich auf dem Schwanz seines Anführers hält, küsst meinen Rücken, er packt mich an Schenkeln und Hüften und lässt mich auf dem Schwanz kreisen, der mir immer größer zu werden scheint. Der Anführer sieht mich ausdruckslos an, seine Lippen teilen meine Lippen, und er schiebt mir auch noch die Zunge in den Mund. Und in diesem Moment habe ich den Eindruck, ich würde kommen wie niemals zuvor. Doch diese Schweine! Der Mann, der mich in dieser Manege des Taumels festhielt, reißt mich aus der Lust heraus, zwingt mich auf alle viere und schiebt mir sein Ding rein. Ein anderer zwängt sich in meinen Mund und spritzt schon beim dritten Stoß. Hände berühren mich. Man legt mich auf den Boden, mein Rücken drückt sich tief in den Sand. Ein Mädchen wird auf meinen Mund gesetzt, ihre Möse ist voller Sperma. Noch nie habe ich diesen salzigen Saft getrunken, diesen Cocktail aus Mann und Frau. Meine Lust wird immer größer, sie macht mich ganz benommen und verdrängt jede Scham, alle Hemmungen und Gewissensbisse und die Schande, mich den Begierden dieses Sturmtrupps beugen zu müssen. Ein Mann, den ich noch nie gesehen habe, hebt meine Beine an, lässt mein Becken kreisen, und eh ich es mich versehe, stößt er mit einer einzigen Bewegung seinen Schwanz, den er mit Speichel beschmiert hat, in meinen Arsch. Ich schreie auf, mir wird schwarz vor Augen. Fackeln, Schwänze, meine Hände, die anderen Mädchen – alles verschwindet …

Die Leute schreien, ein Mann sieht mich an. Er ist voller Dreck, er trägt ein schwarz-blau gestreiftes Trikot. Er hält mich an der Schulter, hilft mir auf und setzt mich auf eine Bank vor einem großen offenen Portal. Die Leute gehen auf beiden Seiten an uns vorbei. Ich war ohnmächtig geworden. Ich bin wahnsinnig, bin besessen von meinen Phantasien. Krank, ich bin völlig krank!

»Geht's, meine Hübsche?«, fragt ein besorgter Mann. Er hat keine langen Haare, sondern einen

Kurzhaarschnitt und ein gewinnendes Lächeln. »Du bist auf den Boden geflattert wie ein Tuch. Du bist ganz weiß. Bist du sicher, dass es wieder geht?«

Im Raum, wo wir uns befinden, ist es laut. Mit Stollenschuhen trampeln die Spieler über die Fliesen der Kabine. So habe ich Antoine kennen gelernt. Die Freundin, die mich zu diesem Match eingeladen hat, weil ihr älterer Bruder in der Mannschaft spielt, erzählt Charlotte noch am selben Abend alles. Ihr Bruder, der seit Monaten scharf auf mich war, ohne dass ich es wusste, ist in der gegnerischen Mannschaft von Antoine. Seine Mannschaft hat verloren. Antoine wirkt ruhig und gelassen wie ein Sieger. Er ist groß, und in seinen Augen konnte ich lesen, dass ich ihm gefalle.

Ich bin die Königin der Bescheuerten! Ich-bin-verliebt!«

»Wieso die Königin der Bescheuerten?«

»Ich spüre, dass ich verliebt bin, und das ist doch bescheuert!

»Aber nein! Bist du krank? Das ist doch die schönste Sache der Welt!«

Charlotte war eben eine unverbesserliche Romantikerin. Am anderen Ende der Leitung versucht sie, mich vom Unmöglichen zu überzeugen: dass die Liebe gut sei, dass die Liebe kostbar sei, dass es nichts Schöneres gebe … Phrasen!

»Ich finde es entwürdigend, mich zu verlieben. Es würde reichen, wenn ein Junge die gleichen Verführungstechniken anwendet und uns allen dieselben Gefühle beschert, von der gleichen Art und der gleichen Menge und dem gleichen Kribbeln. Das ist zu vorbestimmt. Man weiß nie, ob es ein persönliches Gefühl ist, oder ob man nur etwas nachmacht, das einem vorgesetzt wurde … Wenn die Frauen auf unabänderliche Weise von den gleichen Naturgesetzen getrieben werden, weiß ich nicht, wozu es gut sein soll, wenn ich nun auch in der gleichen Größenordnung und vom selben Duktus die gleiche, alte Geschichte reproduziere.«

»Hör auf, über so etwas nachzudenken, du wirst ja verrückt, Sarah!«

»Iwo! Sieh dir doch diese Liebesgeschichten an, in der Literatur, im Film. Es ist absurd, es bringt nichts. Ein gemeinsames Leben als Paar führt immer in die Katastrophe. Und am schlimmsten ist, dass ich ihn in meinen Träumen ›mein Schatz‹ genannt habe. Oh, ich kann mich selber nicht mehr ausstehen …«

»Aber warum denn?«

»Wenn ich ihn so anspreche, zerstöre ich vollständig die Substanz unser Beziehung.«

»Also da kann ich dir nicht folgen, Sarah.«

»Wenn ich banal werde, weil ich verliebt bin, dann bin ich eben nur eine Tusse, die der Anmache erliegt.«

»Und?«

»Ich will nicht, dass er mich als eine von vielen Eroberungen sieht. Als eine Torte! Ich will nicht so sein wie die Frauen früherer Generationen. Ich will nicht unterworfen werden.«

Ich hätte nie gedacht, dass auch ich einmal diese Pseudo-Ideale internalisieren würde, die uns die Gesellschaft aufzwingt.

In diesem Stil redeten wir dreiundfünfzig Minuten lang. Mit dem Handy. So kommt einen die beste Freundin teuer zu stehen.

Das Handy ist ein Tierchen, das manchmal von Nutzen ist. Oft aber ist es mir verhasst, vor allem wenn unverschämte Leute die Stille öffentlicher Orte schänden oder meine Träume stören. Manche haben keinerlei Hemmungen, die Leere ihrer Existenz laut in Gesprächen auszubreiten, die keiner hören will. Selbstgefällig stellen sie zur Schau, nicht alleine auf der Welt und über Handy mit einem Menschen an einem anderen Ort verbunden zu sein. Diese Banalität tragen sie vor sich her wie eine lächerliche Trophäe. Wenn ich meine Stirn ans Zugfenster drücke und zusehe, wie die Landschaft an mir vorbeirast, möchte ich nur das Zischen der Räder auf den Gleisen hören und nicht diese Belanglosigkeiten, die die Leute ins Telefon brüllen. Die Menschen sind grässlich und grotesk, manchmal würde ich sie am liebsten alle zusammen in einem großen Freudenfeuer verbrennen. Warum kann man nicht alle Träume verwirklichen? Und warum sollte man es eigentlich nicht tun?

Bei diesem Rugby-Match mit dieser tollen chevaleresken Brutalität hatte der große Spieler mit dem Lächeln ohne Zärtlichkeit einen Pfeil abgeschossen, den ich seitdem in der Tasche spazieren trage: seine Handy-Nummer, die er auf einen Coupon der chemischen Reinigung geschrieben hatte. Ich strich mit dem Finger darüber und träumte davon, die Zahlen auf einem Klavier zu spielen. Ich konnte mich innerlich noch so sehr wehren und mich gegen diese blöde Verliebtheit auflehnen, die meinem Wesen so widersprach, dennoch hoffte ich auf alles und sein Gegenteil: dass er einerseits zum Teufel damit ging, mich attraktiv zu finden, und dass er andererseits hier wäre und mich begehrte. Das Wunder geschah eine halbe Stunde vor meiner Ankunft in Paris. In meiner Tasche klingelte es. Das war er. Das konnte nur er sein. Ich wusste es, ich spürte es wie das Glück, wenn sich ein Traum erfüllt. Und es war auch nicht schwer zu erkennen, denn ich hatte seine Nummer schon eingespeichert, und sein Name erschien auf dem Display: ANTOINE.

Er freute sich zu hören, dass ich auf dem Weg nach Paris war, und schlug vor, dass wir uns an einem Ort ohne Dreck und ohne Geschrei trafen, wo er die Muße hätte, das schöne Vögelchen zu betrachten, für das er mich hielt ... War auch er ein Poet, wenn er verliebt war? Sentimental stelle ich fest, dass es im Leben Zusammentreffen gibt, die den Begriff der Zeit und die Dichte des Seins verändern. Das war so ein Treffen, und ich täuschte mich nicht. War es das Gefühl von Kraft, das dieser Mann vermittelte? War es mein obsessives Verlangen, das mit den vorgestellten Bildern Unzucht trieb? Oder war es der Reiz des Neuen? Alles hatte sich wohl zu einem Cocktail vermischt, der mich übers ganze Gesicht strahlen ließ. Und so sah ich in den Augen der anderen Männer, dass ich noch schöner war. Manchmal haben wir großes Glück und kommen uns schön und ätherisch vor ...

Le Basile in der Rue Saint-Guillaume im 7. Arrondissement von Paris ist ein stark frequentiertes Bistro, das von Studenten des Politologischen Seminars, von schwulen Verkäufern und hübschen Verkäuferinnen aus den Klamottenläden der Umgebung besucht wird; es gibt dort vor allem Geschäfte für extravagante Schuhe, in denen frau für einige herausragende Stunden Aschenputtel spielen kann. Die Kellner im *Le Basile* quatschen die Mädchen an, und oft machen die Mädchen auch die Typen an; das trifft sich gut. Es gibt dort auch viel Dünkel, augenfällige Vergeistigtheit, Kulturbeflissenheit und große Gedanken, die über dem Ort schweben. Antoine studiert Politologie, nur ein paar Schritte von der Kneipe entfernt. Davor war er auf der Militärakademie Saint-Cyr. Das Thema Waffen gefiel ihm. Die Geschichte der Kriege war in sein Kämpferbewusstsein eingeflossen. Seine Stimme war tief, seine Hände lagen ruhig auf dem Tisch zwischen dem Apfelkuchen und dem frisch gepressten Orangensaft, die ich zum Frühstück bestellt hatte. Ich werde doch nicht vor ihm ohnmächtig werden. Damals …

»Wie ist es dir seit damals ergangen?«, sagte er plötzlich und legte eine Hand auf die Hand, die ich gerade neben dem Teller platziert hatte.

Und er fügte hinzu: »Ich mag dein Gesicht, deinen Blick. Du siehst aus wie eine Kämpferin!«

Was machte er da? Mich so zu überfahren, schon beim ersten Zug! *Gardez la dame!* Schach und matt. Warum wartete er nicht meine Antwort ab? Selbstsicher drückte er mir die Lippen auf den Mund und küsste mich ungestüm.

»Frauen muss man nehmen. Napoleon hat das gesagt. Und er hatte Recht.«

»Ach ja?«

»Eigentlich heißt es: ›Die Frau nimmt man nicht mit Argumenten, man nimmt sie nicht mit Bitten; man muss sie überrumpeln.‹«

Er lachte. Und ich dachte, dass er eines Tages von mir noch sein Fett abbekommen würde.

Er wollte meinen Mund, er hat ihn genommen. Ein brutaler Angriff, der den Kellner jedoch nicht aus der Ruhe brachte; er nahm Teller, Gabel, Messer, Glas. Eine Frage der Gewöhnung. Ich fragte mich, ob die Kellner hier nicht zu Spannern werden, wenn sie so viele Flirts mit ansehen müssen. Außerdem heißt es im studentischen Milieu nicht »flirten«, sondern »anbaggern« oder »aufreißen«. Man baggert einen Jungen an, reißt ihn auf ... Und um des Anbaggerns, Aufreißens willen riss ich ihn auf.

Trotz meines vernunftorientierten Zögerns und aller Vorsätze, die ich gegenüber Charlotte äußerte – die zu Recht gelacht hatte –, war Antoine am Ende einer vorübergehenden Ohnmacht in mein Leben getreten und mit brutaler Dreistigkeit in meinen Mund eingedrungen. Doch dann legte er mit nie gekannter Zärtlichkeit seine Hand auf meine Brust.

Er schlug vor, zu ihm zu gehen, denn das Leben sei so kurz und er wohne nur zwei Schritte entfernt.

»Zwei Schritte, das schaffen wir noch vor dem Tod.«

Er brachte mich zum Lachen, er war stark, und ich hatte Lust, in seinen Armen zu liegen. Darum machte ich mit ihm die »zwei Schritte«, die am Ende über hundert waren. Und am schlimmsten war, dass ich mich nicht ausstehen konnte, weil er mich so anzog …

Auf der Treppe musste ich unbedingt vor ihm gehen. Der Aufstieg war eine lange und pikante Liebkosung meines Hinterns. Er hielt ihn, streichelte ihn, spreizte die Backen ein wenig, bis ich protestierte, und ermutigte mich mit Liebesgeflüster, vermischt mit Schweinereien. Das ging so:

»Schönheit, die du mir zum Verhängnis wirst, geh voran. Oh, dein geiler Arsch macht mich so an, du Hure, die du die Treppe erklimmst. O Sarah, du bist wahnsinnig, so wahnsinnig begehrenswert, und mein Schwanz würde dich …«

»Du bist verrückt«, sagte ich auf dem ersten Treppenabsatz.

Er küsste mich überlegen. Wie kräftig er war,

dieser Rugby-Spieler, der ans Handgemenge gewöhnt ist! Und wie gut er roch! Wie ein Bergquell.

Auf dem zweiten Treppenabsatz erregte er mich so, dass ich Angst hatte weiterzugehen, weil mein Höschen schon nass wurde.

Auf dem dritten Absatz zog er mir die Bluse aus und sang aus vollem Hals. Im vierten Stock sah eine Frau aus der Tür, sie wollte wissen, welche Kreatur solchen Krach im Haus machte. Lächelnd stellte sie fest, dass es wieder »der Barbar« aus dem sechsten Stock war.

»Ach, mein Barbar. Da geht das Glück vorbei«, sagte die Frau und lächelte mir zu.

Ich war verlegen, in meinem schwarzen BH und auf dieser weiß gekalkten Treppe …

»Ich bin verknallt, gnädige Frau, verknallt in dieses Luder!«

»Auch sie ist schön!«

Komischerweise war ich geschmeichelt von diesem »auch«, das mich eher hätte kränken müssen, nachdem mir plötzlich klar wurde, dass ich Teil einer Gemeinschaft schöner Frauen war …

Das Zimmer des Barbaren sah aus wie ein Schlachtfeld. An der Westseite bildete ein Berg aus Kleidern eine Deponie, oder es war Schmutzwäsche, die gewaschen werden musste. Gegenüber lag eine gigantische Matratze, in Wirklichkeit zwei Matratzen, die mit einem Bezug verbunden waren. Auf der Nordseite stand der Schreibtisch mit den Generalstabskarten und den Bücherstapeln. Und auf der Südseite befand sich die historische Bibliothek der Bestie; aufeinander gestapelte Holzkisten quollen über vor Büchern, in denen Zettel steckten. »Meine Notizen.«

Antoine war lustig. Sicherlich hatte ich mich deshalb vom Rausch übermannen lassen und war mit in seine Höhle gegangen. Er war von gepflegter Kultiviertheit und animalischer Natürlichkeit. Diese beiden Eigenschaften machen aus ihm einen interessanten Menschen, den ich kennen lernen wollte. Und er bot mir mehr als das: einen Schauder vom Scheitel bis zur Sohle. Er fing bei meinen Zehen an, als wollte er sich der neuen Geliebten bemächtigen, die in sein Leben getreten war, und hörte bei den Haarspitzen auf. Er brachte mich zum Lachen, indem er einen Notizblock nahm und mit dem Bleistift minutiöse Schilderungen meines Körperbaus vornahm. Es war mir nicht peinlich, ich hätte mich totlachen können.

»Für den Fall, dass ich dich verliere. Für die Suchmeldung. Also, wo waren wir stehen geblieben ...? Rechter Knöchel: sehr kräftig; ein süßer

Leberfleck auf der Innenseite. Linker Knöchel: kein Leberfleck. Rechte Wade: muskulös …«

»Das kommt vom Ballett.«

»… korrigiere: rechte Wade: Tänzerinnenwade. Linke Wade: auch nicht schlecht. Aus dieser Mieze machen wir eine gute Geliebte! Weiter. Der Schenkel: sehr zart an der Innenseite, bildschön geschwungen an der Außenseite. Spreize nun die Beine, schöner Vamp! Ah! Hier das Zentrum allen Begehrens: diese Blume, einer Iris gleich …«

Verlegen schloss ich die Beine, er versuchte, sie auseinander zu drücken und meinen Schoß zu betrachten. Wie stark er war! Er schaffte es, er spreizte meine Beine und schob seinen Kopf an diese intime Stelle, die ich nur ungern einem Mund anvertraue. Doch ihm konnte ich einfach nicht widerstehen. Er hatte mich mit beiden Händen an der Taille gepackt und drückte meinen Schoß an seine Lippen, seine Zunge, seine Nase, sein Kinn. Zum ersten Mal spürte ich, wie eine heiße Zunge weit in mich eindrang, als sei es ein Schwanz – sein Schwanz, den ich immer noch nicht gesehen, nicht berührt, nicht gelutscht hatte. Oh, Antoine! Wie kommt es, dass manchmal jede Scheu wie weggeblasen ist? Wie kommt es, dass sich unbewusst Pakte schließen und sich der Lauf des Schicksals auf unvorhergesehene Weise verändert? Wie kommt es, dass dieser junge Bursche mit seinen dreiundzwanzig Jahren meinen Körper gängelte, als sei es ein Instrument seiner Lust, ohne dass sich mein sehnlichster Wunsch erfüllte? Ja, warum hatte ich trotz dieses irre schönen Reigens keinen Orgasmus? Er leckte mich lange, er drang mit seiner Zunge in mich ein, er hielt mich gefangen. Lange tanzten auf meinen Lidern die Bilder der Reiter, die zu Rugby-Spielern geworden waren; es waren meine geheimsten, lüsternsten und perversesten, dreckigsten und animalischsten Vorstellungen. Antoine hob den Kopf, glitt mit der Zunge über meinen Bauch, küsste meine Brüste, umfing meine Taille und nahm mich in den Arm. Er war immer noch angezogen. Meine Finger tasteten nach den Hemdknöpfen, strichen über sein Brusthaar und über die kräftigen Muskeln, die mich an den Anführer des dämonischen Trupps erinnerten. Sein Hemd fiel bald als Knäuel auf den Teppich neben dem Bett. Als er flüchtig meinen Hals küsste, bekam ich am ganzen Leib Gänsehaut. Meine Hände suchten seine Hose, öffneten den Gürtel und zogen den Reißverschluss auf, der noch verhinderte, dass sein beeindruckendes Glied meine Haut berührte. Er half mir, seine Hose auszuziehen, und den Slip gleich mit.

Noch nie hatte ich so einen langen, dicken, harten Schwanz berührt. Seine Eier waren so groß wie Stierhoden. Würde es wehtun? Ich küsste ihn mit aller Leidenschaft, um mich an ihm zu berauschen und keine Antwort auf diese beunruhigende Frage geben zu müssen, ich wollte mich ihm nur hingeben, wollte ganz offen und nass für ihn sein, so nass!

»Du bist schön, meine Sarah!«

»Meine« hat er gesagt. Das war ich. Und es schmeichelte mir. Ich spreizte die Beine, so weit es nur ging, und drückte meine Hände auf seinen Rücken. Ich spürte, wie seine Muskeln zitterten, und flüchtete mich ganz in seinen Duft. Außer ihm und meiner Erwartung dieses Augenblicks existierte nichts mehr auf der Welt und von dieser Welt, obwohl man bestimmt die Straßengeräusche im sechsten Stock hörte. Es gab nur ihn und sein starkes Glied, das sich zwischen meine geschwollenen Schamlippen schob. Ich weiß nicht, wie er es gemacht hat, aber er drang mit unglaublicher Langsamkeit ganz tief in mich ein. Welch eine Meisterschaft! Welche Liebesfinesse, welche Eroberungskunst! Welch ein Talent! Eines Tages würde ich dem schönen Halunken die Eroberung meines Schoßes und seine unerträgliche Selbstsicherheit noch heimzahlen! Wie schön es war! Kaum dachte ich es, zog er sein Glied auch schon heraus und stieß es wieder, dieses Mal kräftiger, in mich hinein; er drückte mich an sich, keuchte an meinem Hals und leckte mein Ohr. Dann begann das lang anhaltende Rein und Raus, das mich schwindeln machte. Meine Finger gruben sich in seinen Rücken, sie kratzten, sie drückten, und dann schrie ich mit einer Stimme, die heiser war und sich ganz fremd anhörte:

»Stärker! Stärker!«

So habe ich noch nie geschrien. Sein Glied stieß wie wild in mich hinein. Ich sah, wie seine Schultern sich hoben und senkten, spürte, wie sein Oberkörper hinunterglitt und sich an meinen Brüsten und an meinem Bauch rieb. Er stützte sich auf die Arme, bohrte seinen Blick in meine Augen und kreiste wie verrückt mit dem Becken, er wurde immer schneller und stieß dabei immer stärker zu, bis ich um Gnade flehte.

»Aufhören! Du tust mir weh!«

Ich war schweißgebadet – wo ich doch sonst nie schwitze! Vielleicht war es auch mein Saft, der aus meinem Schoß lief und mich ganz tränkte! Er war auch zärtlich, und ich wollte ihn lieben. Ihn lieben! Wo ich doch an diesen gefühlsduseligen Unsinn überhaupt nicht glaubte! Wo ich doch niemals dachte, dass mich die Gesellschaft zu einem Mädchen machen könnte, das wie alle anderen von so absurden Hoffnungen wie Liebe und Treue besessen war! Ich wollte ihn lieben, weil er der andere war, der ich zweifellos sein wollte. Ich wollte mich also selbst lieben über die Vermittlung dieser Begierde, dieser Lust, dieses Etwas, das ich so ersehnte, wollte diese Verlängerung der Zeit lieben durch diese unbeschreiblichen Berührungen und Empfindungen. Ohne Normen, ohne Grenzen. Lieben. War es wirklich das?

Er lag auf der Seite, der schöne sportliche, muskulöse Mann, sein großes Glied war immer noch steif, ein Schenkel lag auf dem anderen, und er sah mich belustigt an.

»Küss mich!«, hauchte ich.

Seine Lippen schmeckten nach mir, süß und salzig zugleich. Seine Zunge strich über meine Lippen und linderte meine Spannung.

Nach einer Weile fiel ich unter seinen Liebkosungen in eine versonnene Starre.

Langsam drehte er mich auf dem Bett um, legte mich auf den Rücken und strich mit den Fingern, die in meinem Fleisch ihren Abdruck hinterließen, über meinen Rücken, meinen Hintern, meine

Schenkel. Ganz sanft und wie in Zeitlupe schob er sich auf meinen einsamen Körper, bahnte sich einen Weg zwischen meinen Schenkeln, packte mich an der Taille und bog mich ganz nach hinten, dann drang er immer noch ganz langsam und so tief in mich ein, dass ich dachte, er würde dorthin gelangen, wo noch kein anderer vor ihm gewesen war, ganz tief in mir. Seine Hoden schlugen an meinen Schoß wie auf eine Trommel, die den Galeerensklaven den Rhythmus angibt – Männer aller Rassen, die die Römer unterworfen hatten; muskulös von der vielen Maloche hocken sie mit gebeugtem Rücken an den Rudern und denken nur an eins: ans Überleben. Warum dachte ich an die Zeit der römischen Eroberungen? Warum schweiften meine Gedanken ab – wo man sich doch sicherlich konzentrieren musste, um einen Höhepunkt zu haben? Weil sich mein Blick in diesem Chaos, das uns umgab, auf den Titel eines Buches geheftet hatte: *Römische Galeeren.* Und Antoine beschleunigte den Rhythmus noch, bis ich völlig erschöpft war. Dann drehte er sich auf die Seite und sagte, er wolle nicht kommen.

Er war nicht gekommen, ich auch nicht. Aber verliebt war ich wohl. Leider. Und in dem ganzen Durcheinander meiner Gefühle und Gedanken war ich mir dessen schließlich sicher.

Gut, ich gebe es zu, ich kapituliere. Aber er wird schon sehen …«

»Du bist wirklich bescheuert!«

»Diese Geschichte der Verliebtheit ist gewissermaßen ein Experiment für mich. Es muss eine Frau geben, die sich opfert und die Beziehungen verändert, die Männern und Frauen auferlegt werden. Sicherlich hat er haufenweise Freundinnen und liebt nur sich selbst. Beim Vögeln habe ich begriffen, dass man seine Lust in Wahrheit nur einem einzigen Körper weiht: dem seinen.«

»Du bist wirklich kompliziert, Sarah!«

»Iwo. In *So lebt der Mensch* lässt Malraux eine seiner Personen sagen: ›In Wahrheit schlief er immer nur mit sich selbst.‹«

Verflixt! Bald ist der Akku leer. Ich lege auf.

Ist es nur die Chemie des Gehirns? Diese Frage stellt eine wissenschaftliche Zeitschrift. Die Biochemie der Liebe verursacht ziemlich große Einsamkeit. Wenn man versucht, sie zu erklären, läuft man Gefahr, dass man nie wieder in diesem Mysterium erschauern kann. Und ohne Mysterium wären wir doch nur winzige programmierte Teilchen mit unserem Gefühl des Verstehens, das nichts weiter ist als eine Pirouette im Leeren. Lächerlich.

Antoine wurde mein Ritter. Als dominanter Mann hatte er einen unumstößlichen Begriff von seiner Beziehung zu Frauen, und er zog seine Kumpel meiner Welt vor, der Welt der Kriegerin. Ich führte gegen ihn einen Krieg der eroberten Momente, von Verführung zu Verführung, von Vorstoß und Rückzug. Er war der Mann, der ich gerne werden wollte. Darum hängte ich mich an ihn und wollte ihn nicht verlieren. Ich Idiotin! Er war stolz, stark und frei. Er hatte eine große Klappe und war oft in Schlägereien verwickelt, die ich nicht verstand und meist unnötig fand. Ein Mann! Mit seiner Streitsucht und seinen archaischen Feindseligkeiten, mit seinem Machthunger, seinem Eroberungsdrang und seinen Frustrationen, die zu Gewaltausbrüchen führten wie gefährliche Gewitter zu Wirbelstürmen. Wenn ich ihn auf seine Briefe hin besuchte, fuhr der impulsive Antoine manchmal mit mir auf dem Motorrad durch die Straßen und Boulevards von Paris. In meiner Provinzstadt träumte ich davon, seine Komplizin zu sein. Tagelang wartete ich auf ihn. Wenn ich übers Wochenende in Paris war, kam er manchmal spät nach Hause, manchmal kam er gar nicht. Er war lieber bei seinen Kumpels, und ich fühlte mich erniedrigt, weil ich für ihn offenbar nur eine Bumse war.

Über die Wochen wurden wir ein Liebespaar. Ich verliebte mich in ihn, während er auch andere Freundinnen hatte und sich weigerte, mich mehr zu lieben als die anderen. In den Ferien gingen wir mit einer Gruppe nach Korsika. Die Landschaft war toll. Diese Berge und diese wilde Natur, dieser Himmel, der alles wie ein Schleier bedeckte, und dieser Wind, der uns den Kopf schwirren ließ! Ich dachte an all die Stunden, da wir uns geliebt und dabei Filme angesehen hatten, dachte an all die Momente, da er mich nach allen Regeln der Kunst genommen hatte. Ich mochte es, kam jedoch nie. Er ja. Er hatte seinen Beschluss revidiert und musste nicht mehr alles unter Kontrolle haben, oft ließ er sich in meinem Schoß gehen. Am letzten Abend unseres Urlaubs – ich wusste noch nicht, dass er beschlossen hatte, es sollte unser Abschied sein – nahm er mich von hinten, im Freien, unter den Sternen, während die anderen in den Zelten schliefen. Er vögelte mich lange und mit einer Grobheit, die ich noch nie in diesem Maß bei ihm gespürt hatte. Ich weiß nicht, warum – jedenfalls, als er seinen Schwanz aus mir herauszog, ging ich auf die Knie, nahm ihn in die Hand und schob ihn zum ersten Mal in den Mund, als wollte ich ihn fressen, ihn verschlingen, ihn nur noch für mich alleine haben. Er hat vielleicht ein Gesicht gemacht! An jenem Abend sagte ich mir, dass die Liebe eine merkwürdige Sache ist. Vielleicht existiert sie nur in der Leere unserer Einsamkeit, vielleicht ist sie eine Möglichkeit, die Abwesenheit des anderen auszufüllen. Antoine genügte sich selbst. Er war ein Genießer, er brauchte dazu niemanden, er musste dazu kein anderer werden.

In den nächsten Tagen war ich sterbenstraurig.

Matthieu sah mich nicht an. Er wollte mich nicht sehen. Als sei ich unwirklich und unerreichbar. An der Uni bombardierte er mich wochenlang mit Briefen und Einladungen, auf die ich nicht reagierte. Dass Antoine mich verraten und so Knall auf Fall verlassen hatte, hatte mich in einen lieblosen Zustand versetzt. Dennoch brauchte ich Zärtlichkeit und Zuwendung wie jedes Wesen.

Matthieu besuchte mich eines frühen Nachmittags. Im Aufzug zum Parterre zog er mir den Boden unter den Füßen weg. Er fragte mich nicht um Erlaubnis, er nahm mich einfach in den Arm, zwängte seine Zunge in meinen Mund, seine Hände strichen über meinen Körper, und er hielt mich mit einer Kraft gefangen, erwachsen aus der Begierde, die er schon so lange zurückhielt. Er war von eigenartiger Wildheit. Eigenartig, weil sie mit einer Schüchternheit verbunden war, die ihn hinderte, meinem Blick zu begegnen. Er küsste mich und schloss die Augen, er streichelte mich und sah mich nicht an. Wir fuhren mit seinem Wagen hinaus aufs Land, ich wollte ihm nur noch folgen, so verlockend und erregend fand ich diesen Jungen, der so anders war als die anderen. Und ich wollte auch immer noch ganz fest daran glauben, dass mich eines Tages einer dieser Jungs zu einem Höhepunkt führte wie zu einem grenzenlosen Ort unserer erregten Existenz am Ende des Lebensalls. An all das dachte ich, während er mich durchs hohe Gras führte.

»Da!« Er drückte mich sanft auf den Boden, auf ein Grasbett, das gut nach Erde roch.

Wieder küsste er mich, wieder waren seine Augen geschlossen, als sei er blind und konzentrierte sich mehr auf den Tastsinn als auf den Gesichtssinn. Er küsste mich so grob, dass ich zitterte. Er hatte meinen BH aufgehakt und meine Brust gepackt, die er nun unsanft drückte. Es gab kaum Raum zum Atmen, geschweige denn zum Sprechen. Er drehte mich jäh auf den Bauch und küsste meinen Nacken, während er erst sein Hemd auszog und dann seine Hose abstreifte. Ich spürte, wie er sich nackt, splitternackt an mich drückte und meine Haut leckte. Wie erregend!

»Mit zwanzig«, sagte meine Großmutter, »geht man nicht mit einer Bluse aus dem Haus, bei der man den Nabel sieht.«

War ich das schamloseste Mädchen auf der Welt? Ich mochte diese stürmische Lust, die diesen Mann trieb. Es war stärker als alles andere, stärker als meine Erziehung, stärker als mein Vorsatz, vernünftig zu sein, stärker noch als die Vernunft selbst ... Seine Hände glitten unter meinen Bauch und öffneten meine Hose, streiften sie über meinen Po und meine Schenkel. Ich war so ungeduldig und ohne nachzudenken, drehte ich mich plötzlich um und sah sein Glied, es war dick und sehnig und steif auf mich gerichtet. Mit der rechten Hand packte ich es, mein Mund öffnete und rundete sich, so weit es ging, und sog es ein. Er wurde so hart, dass ich die Blutbahnen des Dings spürte, das mich bald öffnen würde, das in mich eindringen und in diesem Körper der Lustschlampe herumrühren würde. Ich wollte, dass er mich überall nahm, dass er mich seiner und meiner Lust willen seiner Begierde unterwarf. Und dass ich so zum Höhepunkt kam – dass ich kam!

Ich dachte so intensiv an diesen Augenblick, da sich meine nassen Schamlippen seiner Kraft beugen würden, da fing er an zu zittern und ließ eine Welle aus Sperma in meinen Mund schwappen. Ich bekam fast keine Luft mehr. Erschrocken ließ ich sein Glied fahren, er nahm es in die Hand und wichste weiter, während er noch spritzte und meine Brüste mit Samen besprengte – und ich war nicht gekommen, ich verstand eigentlich gar nicht, was ich da tat. Ich sah ihn an, seine Augen waren immer noch geschlossen, und sein Gesicht hatte sich mit einem fremden, entrückten Ausdruck überzogen. Würde ich wohl eines Tages diese Verwandlung erleben, die in uns wohnt?

Das Gras kam mir plötzlich nass und kalt vor. Dieser Matthieu interessierte mich nicht mehr. Ich mochte die Form seines Glieds nicht, ich mochte nicht, dass ich in seinen Augen nicht existierte. Und ich mochte es nicht, dass er mich genommen hatte wie eine Hure, mit Gewalt, ohne ein überflüssiges Wort. Um mich war die Welt weit, ich war verloren in einer riesigen Menge, nackt, ganz nackt lief ich durch die Menschen, Millionen Hände kneteten mein Fleisch, meine Haut, mein Blut … bis ich nur noch ein feuchter Tropfen auf dem Boden war, verbraucht auf der Suche nach Zärtlichkeit und verrückt vor dem Wunsch nach einem Orgasmus.

In diesem Winkel voller Büschen und Gräsern

brach ich in Tränen aus wie kurz vor meiner Regel. Ich wurde von Schluchzern geschüttelt, die Matthieu als Reue deutete, dass ich mich von ihm hierher führen ließ. Verlegen sammelte er seine Kleider zusammen, er verstand nichts von meiner Verzweiflung, die Welt so groß zu empfinden und meine Gefühle so klein im Vergleich zu dieser Riesenhaftigkeit.

Im Wagen, der uns um diese Erfahrung reicher wieder zum Ausgangspunkt zurückbrachte, sprachen wir kein Wort. Er sah mich nicht an, er sah nur auf die Straße, sein Körper war leicht vom Orgasmus. Ich sah den Liebhaber dieses einen Mals an und wusste, dass ich ihn nicht liebte. Und mich selbst liebte ich auch nicht … Trauer und Tränen kamen wieder hoch.

Doch als ich allein im Aufzug war, lachte ich. Was ist in Wahrheit die Liebe, die alle im Munde führen? Ich hatte genug von Schwänzen, Gliedern, Sperma, Schleim, von all der Gymnastik. Was wäre, wenn ich die Hoffnung und den Glauben an den Höhepunkt aufgäbe? Wenn ich mich ganz auf die Welt des Geistes konzentrieren würde? Warum sollte ich nicht einen anderen Weg einschlagen, den Weg in den geistigen Raum, nach dem so viele Menschen streben, an den sie glauben und für den sie beten?

Die Nacht verschlang mich samt meiner Ängste, samt meiner Träume, samt der Abrechnung mit meinen Taten.

In manchen Ferienclubs spielen sich die Animateure zu Königen der Anmache auf. Nach dem Wert ihres Brustschmucks (ihres Deos und oft auch der Kleinheit ihres Hirns) schätzen sie die Zahl der weiblichen Beutestücke pro Saison und vollbringen alle nur möglichen Wunder, um die Herausforderungen anzunehmen und die erträumte Zahl zu erreichen. Im Allgemeinen sehen diese Vögel, Schönlinge und Fratzen alles. Ich war seit fast zwei Monaten zwanzig und hatte Liebeskummer, als ich in den Trimesterferien mit meinen Eltern an einen dieser Orte fuhr, wo alles für das Vergnügen organisiert ist und wo die Männer mich anschauten wie einen Leckerbissen, sich jedoch über meine Gleichgültigkeit gegenüber ihren Avancen aufregten. An diesen Ferienorten stehen die Werte oft auf dem Kopf, denn es braucht viel Oberflächlichkeit, um diese Primitivität zu verherrlichen, ohne die die

Leute nicht das Gefühl haben, aus der Routine auszubrechen, die ihr Arbeitsleben bestimmt. Auf der Suche nach dieser Seichtheit spielen sich die Schönlinge zu Models auf und rühmen sich ihrer Gelassenheit. Am letzten Abend schlug mir der Selbstsicherste von allen, mein Tennistrainer, den Deal des Jahrhunderts vor:

»Ich will dich küssen. Wenn es dir gefällt, kommst du mit auf mein Zimmer.«

»Und wenn nicht?«

»Dann lass ich dich gehen.«

Ich mag Herausforderungen, Wetten, große und kleine Verrücktheiten, um die Langeweile zu vertreiben. Er war schön, und mit den Muskelpaketen, die er durch stetes Training pflegte, sah er aus wie einem Fotomagazin entsprungen. Ich weiß nicht mehr, wie er hieß. Meine Familie war auf die Zimmer gegangen und schlief bestimmt schon. In der Disco drückte er seine Lippen auf mein Kinn, seine Hände lagen an der Innenseite seiner Schenkel. Ich schloss die Augen und ließ die Musik – ein Lied, das ich mochte – lange auf mich wirken; seine Zunge war weich, sanft und verheißungsvoll. Mit seinem Tanz umzingelte er die Fremde, die ich war und die er nicht für immer entkommen lassen wollte. In seiner primitiven Vorstellung verkörperte er sicherlich einen Sioux beim Totem-Tanz, vielleicht hielt er sich aber auch für einen Komantschen. Er umkreiste mich im Takt, manchmal legte er seine Hände auf meine Schultern oder meine Hüften, und sein Unterleib strich im Rhythmus der Musik an meinem Hintern entlang. Mein Arsch! Davon musste er intensiv geträumt haben. Und er fürchtete wohl, dass er sich ihm entziehen könnte. Es war heiß, er schwitzte. Dann kam der Augenblick, da er mein Urteil hören wollte. Hatte er die Wette gewonnen?

»Gehen wir!«, sagte ich, als er mich an sich drückte und küsste.

Ich war seine Eroberung. Er trank mich, um den Fast-Sieg besser auszukosten.

Auf dem Korridor, der zur Treppe und weiter auf sein Zimmer im fünften Stock führte, fragte er mich ernst und mit ein wenig brüchiger Stimme:

»Was gefällt dir am meisten?«

»Wenn man mich an die Wand drückt und nimmt.«

Warum sagte ich das? Weil er stark war, weil ich dominiert werden wollte, und sei es auch nur von einem Deppen. Darin sah ich meinen Wert, ich wollte diesen natürlichen Zustand akzeptieren. Und er tat, was ich wollte: Er drückte mich an die

Wand, sein Mund auf meinem Mund, seine Hände an meinem Hals, seine Finger in meinem Haar. Er konnte gut küssen, seine Lippen liebkosten leidenschaftlich meine Lippen, seine Zunge erregte meine Zunge im Liebesspiel – eindringen, zurückziehen, abwarten. Ich fand ihn jedoch zu selbstsicher, zu überzeugt von sich. Er ging vor mir ganz ungezwungen mit diesen Liebesdingen um, und ich spürte, wie sehr er mich mit dieser Lässigkeit beeindrucken wollte. Ich entsprach in keiner Weise dem Bild, das er sich von mir machte: ein junges, unverdorbenes Mädchen, das immer noch von Liebe träumte; das konnte ich in seinem Blick lesen. Also musste ich meinen Einsatz erhöhen. Ja, ich würde ihn schon in Verlegenheit bringen!

»Streichle mich!«

Er tat es. Mein Befehl erstaunte und erregte ihn.

»Auch meinen Schoß!«

Auch das tat er. Er war wie trunken, während ich ihm ins Ohr raunte. Durch meine schwarze Hose hindurch, die meine zweite Haut war, führte seine rechte Hand den Auftrag aus.

Er machte wirklich alles, was ich von ihm verlangte, ergriff aber selbst nur selten die Initiative. Er träumte einfach davon, mich da oben in seinem Tennistrainer-Fickodrom zu vögeln und seiner

Liste noch einen weiteren Strich hinzuzufügen. Und er wollte sicherlich, dass ich ihm einen blies.

Auf dem Weg in den fünften Stock gab es Etappenziele: weitere Küsse, weitere Liebkosungen, Zögern meinerseits, weil ich wusste, dass ich eigentlich nichts von ihm wollte. Aber warum sollte ich mich nicht überraschen lassen …? Es war aufregend und beunruhigend zugleich, diesem Fremden in die Falle zu folgen. Er küsste mich, er begehrte mich heftig. Dann öffnete er die Tür zu seinem Zimmer, das Licht ging an, er legte mich aufs Bett.

Was hatte er gefragt? Ob ich klitoral oder vaginal kommen würde!

Zum ersten Mal hatte ich einen technischen Experten. Davor wusste ich nicht mal, dass es so eine Sorte Männer gibt. Wieder kamen die zusammenhanglosen Gedanken und die wilden Träume; ich erinnerte mich wieder an die Wette und an meinen Einsatz und kam mir plötzlich so lächerlich vor.

»Klito-was?«

Verlegen wühlte er in unseren Küssen nach der Andeutung einer Antwort, er nahm sich meiner Brüste an, zog mein Top und den BH aus, der meine Brüste noch verbarg. Seine großen, kräftigen und sicherlich geübten Hände kneteten meinen

Busen, den er immer wieder nach oben drückte und dann sinken ließ. Das war gut, ich fand es schön und hätte es gerne noch länger genossen, hätte er nicht die Bemerkung losgelassen: »Du hast mindestens 95 C.« Als würde er die Trophäe des Abends beschreiben! Die kalte Technik des Kenners tötet die Poesie der Sinne ab. Welch ein Idiot! Außerdem, wenn meine Brüste nicht wie vor der Regel angeschwollen sind, habe ich gerade mal 85 B...

Dennoch überdauern die Berührungen den Augenblick und machen die Zeit und die Kälte der ungeschickten Worte vergessen. Er glitt von meinem Hals zu meinen Brüsten, weiter zu meinem Bauch und zum Hosenbund, den er sich in einem feststehenden Timing, das nur er allein kannte, bestimmt für später reservierte. Zum Ausgleich strich ich ihm durch die Jeans über sein Glied. Er fragte mich, welche Stellungen ich am liebsten mochte – die da, auf dem Rücken, die Beine in der Luft? – und spielte alle durch. Ah, ja! Das war lustig und erregend. Immer wieder tat ich so, als würde es mir reichen und als würde ich ihn sitzen lassen. Dann küsste er mich wieder, gab sich sinnlicher und aufmerksamer. Er passte auf, dass es nicht zu schnell ging, und blieb angezogen. Wieder nahmen wir die Stellung ein – meine Beine in der Luft. Er hielt sie mit seinen starken Händen, schob sich zwischen meine Schenkel, stieß zu und tat mir weh. Dann lag ich auf der Seite, meine Beine verschränkt, dann ein Bein im rechten Winkel angehoben, dann war ich auf dem Bauch, völlig unterwürfig und reglos, und er drückte sich an meinen Arsch ... Die Kleider rieben aneinander. Immer noch waren wir angezogen, meine Hose klebte so an meiner Haut, dass sie einen Abdruck hinterließ. Als wären wir nackt und immer noch getrennt. Dann drehte er mich plötzlich auf den Rücken und zog mit zwei Fingern den Reißverschluss auf. Während er mich küsste, schob er seine Finger – ich weiß nicht, wie viele; zwei, glaube ich – brutal in mich hinein. Er war wahnsinnig! Es tat so weh, dass ich aufschrie. Er stieß die Finger rein und zog sie wieder raus, er riss mir das Fleisch auf. Plötzlich war ich nicht mehr nass, plötzlich wollte ich nur noch weg.

»Du tust mir weh!«

Als ich ihm sagte, ich wolle ihm zeigen, wie man sich streichelt, hielt er in seiner Folter inne und zog sein Hemd aus. Einige Minuten lang glitten meine Finger über seine Haut, sein Gesicht mit den geschlossenen Lidern, seinen Oberkörper, durch sein

Brusthaar und über seinen Bauch knapp über dem Gürtel. Ich streichelte sein hartes Glied, das in der Hose gefangen war, aber ich hatte keine Lust auf ihn, ich wollte ihm lediglich eine Lektion erteilen. Meine Finger bewegten sich heftiger, mit der anderen Hand fuhr ich zwischen seine Schenkel. Das Ganze entlockte ihm ein Stöhnen, es klang wie eine Bannformel.

»Ich kann nicht mehr, du machst mich wahnsinnig!«

Er stand auf und zog die Hose aus. In der Unterhose wollte er sich auf mich stürzen. Kaum hatte er seinen Arm ausgestreckt, biss ich ihn auch schon und stand auf. Ich ließ ihn allein in seiner Unterhose und mit seiner blöden, provokanten Lässigkeit in Bezug auf die Liebe, auf den Sex …

Ich fürchtete, auf dem Gang den anderen Schönlingen zu begegnen. Es war vier Uhr morgens, die Ferien waren zu Ende. Ich war froh, dass ich dem Fatzke eine Lektion erteilt hatte, aber es frustrierte mich auch, dass mir meine Finger diese höchste Lust nicht schenken konnten.

Manch ein Verlangen würde ich gerne mit Männern teilen, die kein Recht haben zu reden, die nur dazu da sind, mir zu dienen und mich zu überraschen, mich taumeln zu machen und mich zu jeder

Hemmungslosigkeit und Schweinerei zu treiben. Oh, wie gerne würde ich mich so vergessen!

Ich war noch weit von einem Höhepunkt entfernt, als der Schlaf sich auf meine Lider senkte wie der Vorhang der Nacht, der sich schon bald wieder heben würde.

War ein Orgasmus nur eine erfundene, übertriebene, idealisierte Empfindung? War bei allen, die noch an Wunder glauben, nur der Wunsch Vater des Gedanken – wie, dass sie Prinzessin werden, Aschenputtel, das Mädchen mit der Eselshaut?

Am nächsten Tag blutete mein Schoß ein wenig. Dieser Rohling mit seinen Fingern! Wusste er denn nicht, dass ein Mädchen so empfindlich ist wie ein Rosenblatt?

Kannst du denn nicht aufhören, nur vom Orgasmus zu sprechen? Du bist so besessen von diesem Gedanken, dass du gegenüber der Lust völlig unempfindlich wirst!«

Charlotte hatte Recht. Wenn die Lust Vorbote des Höhepunkts ist, dann will ich mich wohl auf den Nacken küssen und mir alle prickelnden Zärtlichkeiten geben lassen. Unerträglich ist mir nur zu wissen, dass dieser Höhepunkt da ist; ganz, ganz nah. Die Lust ist eigentlich nur ein Beweis seines Vorhandenseins, und es ist mir egal, wenn sie mich nicht zum Orgasmus führt.

»Weißt du, meine liebe Charlotte, wenn uns jemand erschaffen hat – Männer wie Frauen –, ist es eine Gemeinheit, wenn er uns nicht die gleichen Möglichkeiten gegeben hat, zum Höhepunkt zu kommen. Männer können, wann sie wollen und ohne große Probleme, kommen. Und ich? Nichts.

Doch ich kann nicht glauben, dass der Schöpfer in diesem Punkt so ungerecht war.«

»Und?«, fragte Charlotte am anderen Ende der Leitung.

»Und ich bin nun überzeugt, dass diese Ungleichheit gleichermaßen biologisch wie sozial bedingt ist. Wenn die Frau aktiv ist, wenn sie Sex nach ihren Vorstellungen hat, würde ich gerne mal Männer treffen, die nicht kommen können. Stell dir dieses Bild vor!«

»Das ist gemein.«

»Nein, ich wünsche ihnen nichts Schlechtes, aber stell dir einfach die Situation vor: Die Frauen kommen, wie es ihnen gerade passt, und die Männer simulieren, um ihrem Überdruss ein Ende zu machen.«

Ein Trimester meines zwanzigsten Lebensjahrs widmete ich dem Studium und der Lektüre spannender Texte. Großes Kribbeln empfand ich immer in Buchhandlungen. Ich liebe Bücher! Alle sind überraschend gewandet und beinhalten Wunder, Freuden, Gefahren, Gifte, Zauberformeln, geistige Stimulanzien ... Ich liebe die Kultur, die den geistigen Austausch zwischen den Menschen ermöglicht. Bücher! Diese wunderbaren Verheißungen in rechteckiger Form mit schmuckvollem, oft aufwändigem Einband, sie sind handlich und merkwürdigerweise leicht, wo sie doch außerordentlich gewichtige Dinge enthalten. Nichts Menschliches ist ihnen fremd. Sie widerstanden jeder Tyrannei, sie retteten sich selbst über die grausamste Diktatur hinüber. Seit der Mensch eine Feder in die Hand genommen hat, durchlaufen sie wie Schiffe, die Handel mit Erfahrungen betreiben, die Strömungen der Existenz und alle Zeiten, die Menschen hervorbringen. Sie laufen von Grab zu Grab auf den unzähligen Wegen der Geschichte, die in Milliarden Berichte aufgespalten ist.

Wenn ich mich einsam fühlte, weil ich so viel in meinem Zimmer arbeitete, ging ich in die größte Buchhandlung der Stadt. Als zierliche Nomadin wanderte ich durch die Regale, vorbei an Stapeln von Papier, den Bäumen der Geschichte, vorbei an Gedanken, mit Tinte niedergeschrieben, den Wäldern, wo sich die Leser ergehen, die zu sehr damit beschäftigt sind, das Echo ihrer Selbst und ihrer Fragen zu finden. Ohne mir dessen bewusst zu sein, näherte ich mich einem Regal mit erotischen Comics. Nie zuvor hatte ich ein solches Werk in der Hand gehalten. Und wäre nicht dieser Mann gewesen, hätte ich es auch nie gewagt, einen Band zu nehmen, ihn vor aller Augen aufzuschlagen. Die Zeichnungen waren mit *Sempellini* unterzeichnet, dargestellt war eine Frau von klassischer, makelloser Schönheit, sie lag gekrümmt auf dem Bauch und war umgeben von starken Männern mit riesigen Schwänzen. Der Mann, der mir den Band gegeben hatte, fixierte mich neugierig. Wie alt er wohl war? So alt wie meine ältesten Professoren. Normalerweise traute ich mich nicht, Männer anzusehen, die mich an meinen Vater oder meinen Großvater erinnerten, aber er ließ mich nicht aus seinen schwarzen, stechenden Augen. Er stand neben mir, an mich gelehnt, streckte den Arm aus und blätterte die Seite um. Die schöne Italienerin wurde von allen Seiten genommen. Einen Schwanz im Mund, einen Schwanz im Arsch, und unter sie hatte sich ein Monstrum geschoben, das seinen Pfahl in ihren Schoß stieß und sie aufspießte. Ich war ganz durcheinander. Und mehr noch – ich war nass! Ich stammelte, als wollte ich mich für meine Verwirrung entschuldigen, da spürte ich, wie seine Hände über meinen Po glitten, wie er sich an mich presste und mich fast in die Bücherregale drückte. Ich wagte es nicht, mich umzusehen, aber in der Buchhandlung waren sicherlich alle Augen auf uns gerichtet. Die Verlegenheit wich der Scham.

»Sie sind verrückt!«

Er lachte leise. Er nahm den Comic und ging zur Kasse. Ich sah, wie er das Buch kaufte und hinausging, ohne sich noch einmal nach mir umzudrehen. Doch tatsächlich schien niemand dieses Zusammentreffen bemerkt zu haben. Hatte es überhaupt stattgefunden?

Eine Reihe von Begierden, von unstillbarer Lust, von Frustration und Wut. Und Wonnen. Träumereien – chronisch und chaotisch, andere akut und flüchtig. Leidenschaftliche, wilde Träume meist. Über nichts und über alles lachen, mit den Freundinnen kichern, Jungs verführen und sich weigern, wie die anderen zu sein. Ein Mädchen sein, heißt vor allem, sich so zu verhalten, wie es uns das Alter diktiert und wie man es von uns erwartet. Dieses »man« schließt Vorurteile ein; dieses »man« zieht uns auf dem Gleis der stets wiederholten Mimikry. Es gibt tausend mögliche Verhaltensweisen – warum muss man sich fast immer auf eine kleine Auswahl beschränken? Ein Mädchen sein – gefallen wollen, indem man herauszufinden versucht, wer man ist. Sich verlieren, weil man jenen gleichen will, die man schöner findet als andere. Auf alles eifersüchtig sein, was die Blicke der Jungs auf sich zieht. Sich lustig machen, weil man sich schützen will. Viel weinen; manchmal ganz heimlich, weil man über die Auslagen der glücklichen und geheimnisvollen Welt der Erwachsenen stolpert. Das denke ich.

»Hallo, Charlotte, schläfst du?«

Winter in Frankreich, Sommer am anderen Ende der Welt. Bis sich die Jahreszeiten ändern, muss man viele Monate warten, doch mit dem Flugzeug ist man in nur wenigen Stunden anderswo. Mein Weihnachtsgeschenk war eine Überraschung, die mit S begann. Nicht S wie Schwanz, sondern S wie Segelyacht.

Die Geschichte war einfach: Ein Freund meines Bruders hatte wiederum einen Freund, der mit seinem Boot heiter durch die Karibik schipperte. Er hatte meinen Eltern angeboten, dass ich mitfahren könnte, und meine Eltern wollten unbedingt, dass meine Papierhaut braun wurde.

Er hieß Victor. Jedes Mal nahm er eine neue Mannschaft mit, der man sich für kurze Zeit zugesellen konnte. Ich traf meine Mitreisenden am Ausgang D in Roissy. Neun Leute – sieben Männer, zwei Frauen, eine davon war ich. Claire, die andere

Frau, war älter und kannte Victor, den Skipper. Dabei waren auch: Marc, ein junger, gut aussehender Mann, der nicht viel sprach; Emile, ein ehemaliger Söldner, der sechzig Jahre Abenteuer auf dem Buckel hatte; Xavier, ein eingefleischter Ingenieur, der scheinbar nur Motoren, Turbinen, Schiffsschrauben und ich weiß nicht was im Kopf hatte; Philippe, auch er ein ruhiger junger Bursche und ein bisschen hippiemäßig; Robert, der stellvertretende Kapitän mit dem einnehmenden Lächeln. André, Ethnologe und ein alter Freund von Victor, war noch nicht gekommen.

In Wirklichkeit schlich er um uns herum, er sondierte die Mannschaft und ersann eine Geschichte. Mit Muße suchte er jene aus, die bestimmte Momente seines Leben mit ihm teilen würden. Er schätzte uns mit Blicken ab, ohne dass wir es merkten. So wurde er auf mich aufmerksam, sagte er, auf die Wilde, die in der Menge der Passagiere auf diesem riesigen Flughafen einen Mann suchte, den sie anmachen konnte.

»Ah, da ist ja André!«, rief Victor aus und begrüßte seinen alten Kumpel mit einer komplizenhaften Umarmung. »Hier die komplette Mannschaft. Und das ist Sarah.«

Sarah war ich. Was war ich in seinen Augen? Für

mich war er ein »älterer« Mann, so alt wie mein Vater, und er hatte einen undefinierbaren Charme. Ich bin Sarah. Mein Guter, ich bin eine Kriegerin, und du bist ein alter Sack, der meinen Mund anstarrt. Abgesehen davon war das gegenseitige Vorstellen nicht gerade meine Stärke, und ich habe keine Erinnerung mehr an den genauen Moment, da die Atome sich im Raum bewegten und mit mathematischer Wahrscheinlichkeit aufeinander prallen mussten … zufällig. André gab mir keine Küsschen wie den anderen Altgedienten, er streckte nur seine Hand aus und drückte meine Hand. Ich lächelte, denn ich lächle Männer gerne an. Das ist alles. Ach ja, später neckte er mich, als wir vor dem Borden noch einen Kaffee tranken und er Victor erzählte, dass er eine wilde Nacht mit zwei schönen Russinnen hinter sich hätte.

»Die Russinnen haben das, was die heutigen Französinnen verloren haben. Sie verführen einen Mann und treiben das Spiel bis zum Gehtnichtmehr, das ist toll! Sie provozieren gerne und gekonnt. Wenn ein Mann in Paris eine Frau anschaut, wendet sie oft den Blick ab, und viele tragen eine Gelangweiltheit zur Schau, die oft schon verächtlich ist. Da die Französin zur verführerischsten Frau der Welt ausersehen wurde, glaubt sie, dass ihr dieser Rang auch zusteht. Doch die Welt hat sich verändert. Die Russinnen sind oft die schöneren Frauen. Sie regen den Appetit derer an, die in langen Nächten auf alles verzichten mussten. Wenn wir zurück sind, stelle ich sie dir vor, Victor.«

Und an mich gewandt – ich hörte mit offensichtlicher Gleichgültigkeit zu – fügte er hinzu:

»Ich hoffe, ein junges Mädchen wie Sie, zumal Sie keine Französin sind, ist von meiner Rede nicht schockiert.«

Mein Lächeln und das Gesicht, das ich dabei zog, zeigten ihm, dass er mich nicht erobert hatte. Schließlich wurde der Flug nach Saint-Martin aufgerufen, und seine Hoffnung, eine Antwort von mir zu bekommen, zerschlug sich. Lächelnd stand er auf.

»Der Vogel wartet.«

Ein schöner Mann. Meine Freundinnen würden sich nicht mehr einkriegen, wenn sie wüssten, was ich dachte, als ich ihn vor mir durchs Gate ins Flugzeug gehen sah. Sein breiter Oberkörper, seine Schultern, seine Arschbacken, die sich in der Hose abzeichneten, die langen Beine, mit denen er die Felder der Ethnologie vermaß. Doch was für ein Dämlack! Er hatte mich mit seiner Apologie über den Charme der Russinnen geneckt, und ich, ich verzieh ihm, weil er verführerisch war. Unstrittig … Wie bescheuert ich bin! Als er uns sein Alter sagte, nachdem er alle nach ihrem Alter gefragt hatte, hatte ihm keiner geglaubt. Er sah aus wie vierzig, doch er war zehn Jahre älter.

Er hatte schon dreißig Jahre länger gelebt als ich. Gewissermaßen trennte uns ein ganzes Leben. Und mein Leben hing in diesem Raum wie in einem zu großen Kleidungsstück. Zwischen uns stand etwas Unüberwindliches, etwas Enormes. Warum sah er nicht aus wie ein »Alter« – wie meine gleichaltrigen Freunde sagen würden? Garantierte ein leidenschaftliches Leben ein jugendliches Aussehen?

Aus dieser Begegnung erwuchs Neugier. Doch niemals hätte ich mit dem gerechnet, was dann kam. Meine Gedanken kreisten um die Strände der Karibik. Ich wollte ein Teil des Windes werden, ich träumte vom weiten Meer, von der Kraft in den Segeln, vom Bug, der die wogenden Wellen teilte wie ein Schwert. Schicksal. Flug 643 durch die Nacht und durch die Zeit …

Man sagt den Stewardessen nach, sie schliefen mit den Piloten, die sie auf den Zwischenlandungen in den siebten Himmel führen würden. Manchmal werden sie auch von den Stewards genommen, wenn sie gut aussehen und nicht schwul sind. Ist das wahr? Jedenfalls sahen die Männer die Stewardessen immer mit mehr Appetit an als das, was ihnen auf den Tabletts serviert wurde. Oder war das nur eine meiner schmutzigen Phantasien?

»Sarah, hast du schon mal in einem Flugzeug gevögelt?«, fragte Victor, der zu meiner Rechten saß.

Claire, die seit unserem Treffen gut gelaunt war, lachte. Ich lachte auch. Victor fiel ein. Wenn ich die Zeichen richtig deutete, war er Claires Liebhaber; ihre Hände berührten sich schon unter der Decke, die man uns nach dem Start gebracht hatte. André saß allein zehn Reihen weiter hinten. Von dem bizarren Mann sah ich nur den oberen Teil des

Kopfes, den er schräg hielt. Sicherlich las er. Oder er schlief.

Ein Flugzeug ist ein seltsames Fortbewegungsmittel. Ich stelle mir immer vor, wie unsere Hintern in einer Linie über den Wolken und den verschiedenen Landschaften schweben. Reihen von Ärschen und Füßen, die in der Luft hängen. Und die Piloten hängen an ihren Instrumenten, der große Vogel ist auf eine kontrollierte Bahn programmiert. Im Unterschied zu den Menschen ... Ich denke immer an das, was ich unmittelbar erlebe, betrachte unaufhörlich die Wirklichkeit aus einem anderen Blickwinkel, als würde mir die Perspektive nie ausreichen, die mir mein Blick bietet. Immer noch dachte ich ans Meer, an diese Unermesslichkeit, die mich traurig und verzweifelt macht, weil ich so winzig bin. Als die Lichter in der Kabine ausgingen und sie in die Nacht getaucht wurde, die uns umgab, während gleichzeitig der Spielfilm gezeigt wurde, schloss ich die Augen. Vor Müdigkeit schlief ich im Sitzen und ließ mich auf der langen, mühelosen Reise voller Lust an einen unbekannten Ort bringen.

Ich war gerade am Einschlafen, da berührte mich eine Hand und legte auf die Decke der *Air France* über meinen Knien ein gefaltetes Papierschiffchen. Klein, ungewöhnlich, unverhofft. André. Er ging schon wieder den Gang hinauf. Dieser Typ war verrückt!

Auf dem Schiffchen waren Zeichen aus Tinte zu sehen. Ich faltete es auseinander, und der erste Brief dieses Mannes sprang mir in die Augen:

Schönes Kind, Sie haben noch genügend Zeit zum Schlafen. Zuvor drehen Sie der Fahrtrichtung den Rücken. Wenn man hinter sich blickt, lernt man auch, keine Zeit zu verlieren. Ich muss Ihnen etwas von höchster Wichtigkeit mitteilen. Wenn Sie in fünf Minuten nicht vor mir stehen, öffne ich die Tür und springe. A.

Was sollte ein junges Mädchen machen, wenn ein älterer Mann ihm befahl, zu ihm zu kommen? Ihn reden lassen.

Ich faltete das Briefchen nach den Falzen. Es wurde wieder ein Schiffchen und wanderte in meine Tasche. Und ich zu diesem Mann. Ohne nachzudenken.

Oh! Sie haben die Tür ja noch gar nicht geöffnet«, sagte ich und sah auf meine Armbanduhr.

Er lächelte. Offensichtlich freute er sich, dass ich aufgestanden war und meine Lust auf ein Nickerchen hintangestellt hatte. Er hatte mir zugesehen, wie ich die Entfernung zurücklegte, die uns trennte, und die Hände ausstreckte wie eine Schlafwandlerin, weil das Flugzeug gerade durch Luftlöcher flog. André hatte den Arm ausgestreckt und verhindert, dass ich gegen die Trennwand neben einem Vorhang stieß, hinter dem zwei Stewardessen lachten und sich sicherlich Vertraulichkeiten mitteilten.

»Ich hätte Sie auch geholt.«

»Ach ja?« Ich war enttäuscht. »Also? Was gibt es so Wichtiges?«

Er lachte.

»Nichts.«

»Ach ja?«

»Nun … Sie. Sarah ist ein schöner Name.«

»Das sagt man mir oft.«

»Hebräisch?«

»Meine Mutter ist Jüdin.«

»Und Ihr Vater?«

Wen interessiert schon mein Vater?

»Warum machen Sie sich die Mühe, mir ein Briefchen zukommen zu lassen? Was glauben Sie? Dass man Boote zu Wasser lässt, um damit Mädchen zu angeln wie Sardinen?«

»Was sind Sie doch für eine hübsche Sardine!«

Idiot! Ich musste lachen. Er lachte auch. Ich habe in einem Roman gelesen – weiß nicht mehr, in welchem –, dass ein Lächeln zwischen zwei Menschen wie das Versprechen eines Bündnisses sei. Das stimmt. Wahrlich war es die Andeutung eines Versprechens. Doch er mochte Russinnen, und meine Mutter ist Rumänin.

»Was spielt das für eine Rolle?«

Eine Stewardess kam hinter dem Vorhang hervor und sah uns an wie zwei Liebende, halb neidisch, halb erstaunt. Doch es war noch zu früh. Dennoch wollte ich nicht, dass die Unterhaltung zu Ende wäre. Im Halbdunkel sah ich den Mann an, der älter war als mein Vater und der mich um einen Gefallen bat:

»… Ihr Gesicht berühren. Darf ich?«

Er war wirklich dreist, aber er hatte so freundlich gefragt, dass er bei meinem Lächeln und der Wange, die ich ihm hinhielt, gleich die rechte Hand hob. Seine Hand war weich und streichelte meine Haut auch nur ganz kurz.

»Danke. Auch das war sehr wichtig: Ihnen zu sagen, dass Sie mir gefallen. Bevor es Ihnen die anderen sagen.«

»Aha. Welche anderen?«

»Ich kenne Victors Seebären. Und ich kenne Victor.«

Wie alle ihre Schwestern und Brüder des Meeres sind Yachten dazu gemacht, in See zu stechen. Wenn die Segel gesetzt wurden, schien Victors Yacht den Wind ganz von selbst aufzunehmen, so gelassen genoss sie ihre Kraft. Mit dem brautweißen Bug glitt sie über das blau-schwarze Wasser und hielt das Versprechen, das ihr der Schiffbauer, im Austausch für ihre Schönheit, für gute wie für schlechte Zeiten abgerungen hatte.

Am Nachmittag nach unserer Ankunft auf Saint-Martin verließen wir mit Kurs auf Antigua den Hafen, der voll war mit Touristenbooten, Motorbooten von Schwarzmarkthändlern und protzigen Yachten für Neureiche. Victor wollte uns die Insel zeigen, denn Nelson hatte dort Schiffe versteckt, mit denen er die französische Flotte vernichtete und Napoleon »auf den Sack ging«.

»Zur Tarnung hatte er Wipfel von Kokospalmen auf die Masttopps gesteckt. Und dann möchte ich euch noch einen alten Freund vorstellen, der ein Kunstwerk aus den 50er Jahren restauriert. Ein Dichter-Ingenieur, der sogar Schiffe aus Honduras-Hölzern baut, die er selbst auswählt.«

Volles Programm! Die Sonne, die meine Haut bräunen sollte, hing in ihrem unsichtbaren Gestänge und glitt von Osten nach Westen, von meinen Schultern auf meinen Rücken, von meinem Hals auf meine Schenkel. Die Wonnen des Südens!

André hatte sein kariertes Heft in einer Hand, in der anderen hielt er seinen schwarzen Filzstift, ein Hemd schützte ihn vor der Sonne »und vor den Blicken der schönen, athletischen jungen Männer, mit denen ich nicht konkurrieren kann«. Zugegebenermaßen hatte der junge Matrose Marc einen Körper, der Lust machte. Wie ein Fisch lag er in der Sonne. Er war Wettkampfschwimmer gewesen, und sein Körper war harmonisch entwickelt, ohne dass er in Bodybuilding-Studios gehen musste – was mich seit den Ferien bei den Tennislehrern absolut abtörnte.

Sarah,
wenn ich sehe, wie du auf der Brücke liegst, habe ich Lust, dich lange zu betrachten. Dann will ich

mein Haupt an Stelle der Sonne setzen und meinen Blick von deinen Haaren bis ganz hinunter zu deinen Zehen wandern lassen. Welch wunderbare Reise lässt du mich zwischen diesen beiden Orten tun! Ich wusste, dass du schliefst, und so war ich so frei, meinen Blick dort verweilen zu lassen, wo es mir gut schien. Einen Augenblick lang wollte ich dich umdrehen. Doch nur der Rücken meiner rechten Hand berührte deine Haut, wie damals deine Wange hoch über dem Atlantik. Dein Mund ist eine Blume, die man küssen will. Wann dürfen meine Lippen dich dort berühren?

André

Dieses Briefchen hatte er zwei Mal gefaltet auf die Koje in der Kabine gelegt, die ich mit Claire und Victor teilte.

Vor dem Abendessen, das wir alle zusammen in der Kajüte einnahmen, fragte er mich:

»Hast du mein Briefchen gefunden?«

Ich nickte lächelnd. Auch er lächelte, wusste aber nicht, was er weiter tun sollte. Er wusste gut, dass ein junges Mädchen eine zarte Blume ist, die man womöglich nur im Morgenrot pflückt, an Tagen mit dichtem Tau, nachdem der Mond in der

Nacht ihre helle Haut liebkoste und ihr die Schönheit von Elfenbein oder Perlmutt verlieh.

Die Nacht kam, das Meer schwoll an, die Wellen brachen sich. Die Segel waren gerefft, doch in der Kabine war es laut. Ich hörte, wie die Flut gegen den Rumpf krachte, wie der Schoner stampfte und rollte, und wie Victor einen Meter von mir entfernt Claire nahm. Grausame, egoistische Liebende. Meine Koje war über der ihren, sie war ein wenig versetzt, weil der Rumpf sich nach oben verbreiterte. Im schwachen Mondlicht, das durch die Luke fiel, sah ich den kräftigen Körper des Kapitäns, der wie das Meer über die 30jährige Frau rollte, die sich ihm hingab, hier, vor meinen Augen. Ich sah die runden Pobacken des Liebhabers, sah, wie sich die Muskeln bei jedem Stoß zusammenzogen. Immer wieder schloss ich die Augen oder ich starrte an die Wand, um nicht Lust zu bekommen, an ihrer Stelle zu sein. Doch im Lärm der Wellen und dem Gleiten des Schiffes durchs Wasser zogen die Schreie der Frau wieder meine Aufmerksamkeit auf sich. Ich sah also hin, heimlich, sie sollten nicht merken, dass ich sie beobachtete. Wie erregend es war, dieses Spiel von Lust und Begierde zu verfolgen! Victor zog sein Glied heraus, und ich sah es. Es war sehr lang und sehr dick, es war gebogen und glänzte matt im Halbdunkel, das mein Blick nun durchdringen konnte. Er drehte Claire um und platzierte sie auf allen vieren wie eine Hündin. Ich sah ihre Brüste baumeln, Victor nahm sie und drückte sie, und sein Glied schob sich ganz natürlich zu ihr hin und langsam in sie hinein. Wie schön es war zu sehen, wie sie die Lust erfüllte! Er packte sie an den Hüften, zog sie an sich, Claire hockte nun auf den Fersen, und ihr Schoß schloss sich um sein Glied, das sicherlich ganz hart und steif war. Unter dem Laken tastete meine Hand nach meinem Schoß. Er war ganz nass, weich und zart. Mit einem Finger streichelte ich meine Schamlippen und mein Knöpfchen und drang in mich ein, ein wenig, dann tief, im Rhythmus ihrer Bewegungen. Plötzlich zog Victor sein Glied wieder heraus. Wie erregend der angespannte Körper eines muskulösen Mannes ist! Sollte ich die Hand ausstrecken, seine Rute packen und ihn zu mir ziehen?

Ich traute mich nicht. Diese Zurückhaltung erregte mich noch mehr. Er drückte Claire aufs Laken und drehte sich leicht auf die Seite. In diesem Moment sah ich, dass er mich sah, es sei denn, er konnte nicht so gut im Halbdunkel sehen wie ich, es sei denn, sein Blick war nach innen und auf seine

Lust gerichtet, es sei denn, er war in seiner Lust gefangen und darin, was er nun machen wollte: Mit einer Hand spreizte er Claires Pobacken, mit der anderen fuhr er sich an den Mund und machte die Finger nass, dann streichelte er ihren Po, die Backen, das Loch. Sie schüttelte den Kopf: Nein. Doch er zwang sie mit der Kraft seiner Männlichkeit. Er schob sich zu ihr, in der Hand hielt er sein steifes Glied, drückte es zum Arsch hin und führte es langsam ein, während Claire stöhnte. Ich sah, wie er mit all seiner Masse drückte und in dieses Loch stieß, das so eng war, dass es ihr wehtun musste – ihr, der Sklavin, der Bezwungenen, der Gespreizten, der Gevögelten, der Vergewaltigten, die er genommen hatte wie ein Tier. Er stützte sich mit durchgedrückten Armen auf die Hände, beugte den Rumpf und beschleunigte den Rhythmus seiner Stöße, er ließ sein Glied brutal bis zum Anschlag hineingleiten wie ein Schwert. Sie schrie, sie wehrte sich, versuchte, sich zu entziehen …

Ich konnte Claires Schreie nicht mehr mit anhören, ich konnte nicht mehr mit ansehen, wie dieser Männerkörper diesen Frauenkörper beherrschte. Ich sah, wie sich Claires Schulter bewegte, ich begriff, dass sie ihren Arm zwischen ihren Bauch und das Laken steckte und ihre Hand zu ihrem Schoß schob. Sie hob den Po an und zog die Beine ein wenig an. Der Mann klebte auf ihr, sie streichelte sich mit wilder Leidenschaft und schrie ins Kopfkissen ... Ich wusste, dass sie kam und er auch! Wie unerbittlich die Dreißigjährigen doch sind!

Ich hatte mich endgültig zur Wand gedreht, hin zur Nacht, hin zu einem Schlaf, von dem ich wusste, dass ich ihn nicht finden würde. Mein Schoß war nass, mein Höhepunkt hatte sich verflüchtigt, war unmöglich geworden. Ich war eifersüchtig, neidisch, war ganz benommen. Und dann? Was kommt nach dem Orgasmus der Frau?

War Sex nur ein bewusster Zustand?

Ich wagte nicht, an die beiden Liebenden zu denken aus Angst, feststellen zu müssen, dass sie tot waren oder sich in der Unendlichkeit aufgelöst hatten, dass sie plötzlich wieder in einem verbissenen, gewalttätigen Kampf zu sich gekommen waren.

Am frühen Morgen setzte das Meer unserem Boot immer noch zu. Auf dem Frühstücksbrot mit gesalzener Butter fand ich ein weiteres Papierschiffchen, reglos kündete es von einer Bitte um Zärtlichkeit. Auf rauer See zu frühstücken, ist eine akrobatische Leistung, und ich konnte nicht einmal daran denken. Die Bilder von Claires und Victors Liebesspiel trugen noch zu meiner Übelkeit bei, doch das Wissen, dass André, dieser Halunke, immer noch den Angriff plante wie Nelson, der auf dem Weg zum Sieg niemals aufgab, versöhnte mich mit der Welt.

Ich war nicht nur ein junges Mädchen, das von der Lust reiferer Frauen an den Rand gedrängt wurde, ich war nicht nur eine einsame Seele im Universum. Ich war seine Beute. Ich war:

... eine Begierde, die am Morgen, nach den Nächten voll von Träumen des Möglichen, noch gewachsen

war. Dich am Morgen zu sehen, wenn der Schlaf noch überall in dir steckt! Deine geschwollenen Lippen sehen, deine Augenschlitze sehen – und dann will ich das Butterbrot sein, das du dir in den Mund schiebst. Komm in meine Arme, Sarah! Oder ich stürze mich ins Wasser, noch diese Nacht!

Er hatte mir ein Buch geschenkt. Die letzte Seite riss ich heraus – ich kam mir vor wie eine Verbrecherin – und schrieb darauf: *Heute Nacht besteht keine Gefahr, dass wir Sie verlieren. Der Kapitän sagt, wir liegen dann schon im Hafen von Antigua.*

Und als Postskriptum fügte ich hinzu, es sei wohl seine Angewohnheit, sich immer und überall hinein und hinunter stürzen zu wollen …

Warum tat es mir so gut, ihm die Stirn zu bieten? Warum widerstand ich so lange, wo ich doch jedes Mal, wenn ich ihn ansah, mehr Lust auf ihn hatte als auf jeden anderen?

Die Ankunft auf Antigua fand bei schwerer See statt. Gegen 16 Uhr toste der Sturm noch heftiger, die Brecher überschlugen sich. Diese Landschaft aus Wasser und Gischt war wundervoll und gefährlich! Die Yacht warf sich in die Wellen, während Victor am Ruder war und sich an den Wellen freute, sich aber gleichzeitig besorgt wie jeder Kapitän auf seinen Kurs konzentrierte. Jeder half beim Stellen der Segel und beobachtete das Meer und die Wellenberge.

»In knapp einer Stunde sind wir im sicheren Hafen«, hatte Victor verkündet und war aus der Kajüte hinaufgestiegen, wo ich so gerne dabei zusah, wie er mit Kompass und Seekarten hantierte.

Ich trug einen Badeanzug, und da es kühl geworden war, ging ich hinunter in die Kabine, ich wankte von rechts nach links, von vorn nach hinten wie ein Kartoffelsack. Als ich die Tür öffnen wollte, schlug sie im Schlingern wieder zu, und ich hatte André kaum gesehen, der mich splitternackt am Arm fasste, umdrehte und meinen Nacken küsste, während ich zwischen seinem Körper und der Schott gefangen war.

Er hatte kein Wort gesagt, er leckte meine Haut, während er meinen Badeanzug auszog, der mir nun an den Knöcheln hing. Gleichzeitig und immer noch ohne ein Wort drückte er mich an das kalte Holz der Schott und spreizte meine Beine. Ich spürte seine Unterarme an meinem Hintern, dann spürte ich, wie er in mich eindrang. Um tiefer zu stoßen, hatte er mich an der Taille genommen und nach hinten gezogen. Er stieß immer wieder heftig zu, während sich seine Finger in mein Fleisch gruben. Ich war ganz nass, obwohl ich mit so etwas überhaupt nicht gerechnet hatte. Es war wie eine Vergewaltigung, und dennoch hatte es passieren müssen. Es gefiel mir, doch meine Lust kam eher aus der Situation heraus als durch das, was er mit mir machte. Er war zu grob, überhaupt nicht einfühlsam, bewusst hielt ich meine Gefühle zurück und baute einen undurchdringlichen Wall gegen meine Empfindungen und einen Orgasmus auf.

Auf dem schwankenden Schiff bumste mich dieser Mann wie einen Prellbock, dann zog er meine Pobacken auseinander, um tiefer einzudringen. Er sah meinen Nacken an, meine Haare, die er mit einer Hand packte, meine zitternden Schultern, meinen Rücken, den ich gebeugt hatte, um seinen Schwanz besser aufzunehmen. Ich stand, meine Beine waren gestreckt, meine Pobacken wurden traktiert, zusammen- und wieder auseinander geschoben, so weit gespreizt wie nur selten, und mein Arsch war so erregt wie nie. Plötzlich drehte er mich um, stieß mich auf Victors Koje und drang wieder in mich ein, nachdem er meine Beine angehoben und sich seine Lippen an meinem Mund festgesaugt hatten. Er bumste mich im Rhythmus der Wellen, und ich spürte es kommen wie eine wunderbare Wärme.

»Ja, ja, stärker!«

Ich schrie.

»Stärker!«

Wieder schrie ich.

Den Oberkörper auf seine ausgestreckten Arme gestützt, beschleunigte der fünfzigjährige André den Rhythmus seiner Hüften.

Das war gut! Das war gut! So gut …

Kaum begegneten sich unsere Blicke, kam es ihm auch schon, er stieß einen heiseren Schrei aus, erbebte und fiel auf mich. Er küsste meinen Hals und meinen Mund und lachte.

»Ist das nicht besser als die Briefchen auf Papier?«

Ich wollte, dass er wieder von vorn begann, ich wollte nicht reden. Er war gekommen, ich nicht – der Refrain meiner Jugend. Was konnte mir ein 50jähriger geben? Vielleicht einen Orgasmus …? In jenem Moment dachte ich jedoch nicht daran, dass es passieren könnte. Bei allen Männern, die mich seit jenem Nachmittag in Erics Zimmer genommen hatten, hätte ich durch ihr Verlangen, ihre Liebkosungen, ihren Geruch, ihre Haut kommen müssen – wäre ich normal gewesen … Warum klappte es auch mit André nicht? Fünfzig Jahre Leben, Erfahrung, Erfüllung. Und ich, die Jugend, die sich in seinen Armen zusammengerollt hatte, spürte, wie sein Sperma an meinen Schenkeln hinunterlief. Er hatte keinen Gummi übergezogen, ich wusste nichts von ihm, und er wusste nichts von mir. Das war auch verrückt, das war noch verrückter!

»Ich war zehn Jahre lang mit einer Frau verheiratet, die ich nur ein Mal betrogen habe«, rechtfertigte er später seine Unvorsichtigkeit. Als würde das garantieren, dass er keine Krankheit hatte!

Geschlechtskrankheiten sind in meiner Vorstellung wie Doppelagenten: Sie tragen einen Verrat in sich, von dem man sich nur schwerlich wieder erholt. Mit diesem André hatte ich dennoch Glück; die Engel hatten es mir sicherlich zugestanden.

Ach, diese kleinen Briefchen! Ich verstecke sie in einer Schachtel wie einen Schatz. Wenn ich traurig bin oder wenn ich mich einsam fühle – was öfter vorkommt, als mir lieb ist –, ziehe ich aufs Geratewohl ein Zettelchen wie bei einer Tombola. Seit unserem Segeltörn, bei dem unsere Freundschaft entstanden ist, sind Andrés Briefchen für mich eine Spur dessen, was ich nicht verlieren möchte. Ein konzentriertes Stimulans aus Tinte und Papier. Vorsichtig nehme ich sie in die Hand, falte sie langsam auf, lausche dem Rascheln des Papiers. Dann lese ich bereitwillig die schwarzen unauslöschlichen Worte, die ein ganz normaler Filzstift und sein Geist hervorgebracht haben, den sicherlich viele pervers finden. Ich nicht.

Hier ein gewagter Brief:

Anleitung zum guten Blasen

Nicht der ganze Mann steckt in diesem Fortsatz, aber die Lust hat dort ihre heimlichen Kammern bezogen. Im Kranz der Lippen und der Lust einer Frau wird er gerne träumend hart... Um gut geblasen zu werden, muss er begehrt sein, er darf nicht nur als Schwanz, als Rute, als Rohr betrachtet werden, sondern als der ganze Mann. Sie muss ihn mutig nehmen, sollte ihn vor allem überraschen. Umschlossen von den zarten Fingern einer Frau, wird er groß, um Zunge und Lippen eine größere Fläche zu bieten, wo sie sich ergehen können. Sich ergehen und sich Zeit lassen. Zunge und Lippen können von der Spitze bis zur Wurzel gleiten. Wie beim Führen eines Schiffs muss sie den Rhythmus finden und den ganzen Schwanz in den Mund nehmen. Die Zunge streicht schließlich über die Haut und saugt ihn ein, während die eine Hand die Wurzel drückt und die andere Hand die Innenseite der Schenkel streichelt. Wenn der Atem des Mannes schneller geht, kann sie schneller blasen, manchmal jäh anhalten und wieder beginnen, um die Lust zu einem voll erblühten Glück zu steigern. Die Zunge soll mit der Eichel spielen, soll in die geheimen Falten dringen, über die ganze Länge bis zu den Eiern gleiten. Wenn der

Höhepunkt da ist, soll sie ihn schmecken, lieben, weiterlecken, lutschen, wichsen. Der glückliche Mann steht am Ende der Latte.

PS
Ganz wichtig: Während dieser intimen Liebkosung sollte sich die Frau betrachten lassen.

Dann falte ich das Briefchen wieder zusammen und werfe es in die unordentliche Schachtel. Ich ziehe ein neues, falte es auf und lese leise:

Wunderschöne Sarah,
ich liebe deine Brüste, sie sind zart in der Hand eines Mannes, mit den Muscheln darauf zum Lutschen und mit dieser Trägheit, die sich in ihre Bewegungen mischt. Ich sehe, betrachte, spüre, lecke sie gerne und zeichne gerne das Dekolleté deines T-Shirts nach, am Ende des Trägers jenes Kleidungsstücks, das sie hält und verbirgt.

André

Er hat mir eine Reihe dieser Miniaturen geschenkt, die mich sehr belustigten:

Ach, Sarah, die du mich ansiehst!
Dein Raubvogelblick, korallenblau und schwarz umkränzt, macht mir Lust, dich anzufassen und deine Lust um deiner Wildheit willen anzufachen. Sarah, du Intensive, mit diesen Augen, die sehen, einsaugen, ausziehen, jagen, die so schnell begreifen, bemerken und anziehen. Ich würde sie gerne vor Rührung weinen sehen, doch wenn sie mit uns lachen, sage ich mir: »Genug, nicht mehr bewegen!« Kuckuck, das Vögelchen ist davongeflogen! Die Gedanken sind aus allen möglichen guten und schlechten Gründen aufgebrochen. Außerdem steht hier die Vernunft auf halbmast. Ich liebe. Für mich. Ganz egoistisch.

André

In der gleichen Stimmung schrieb er später:

Oh, Sarah!
Dein Mund ist eine Köstlichkeit. Allein er ist ein königlicher Festschmaus. Wenn ich deine Lippen küsse, lade ich dazu alle Komplizen aus meinen Träumen und Phantasien ein. Wir sind mehrere, wir stoßen uns gegenseitig weg, schieben unsere Zungen in deinen Mund und streichen mit unseren Lippen über deine Lippen. Während unsere Glieder hart

werden, um dich zu vögeln, umfassen dich unsere Hände und spreizen deine Pobacken. Dein Mund ist eine Frucht, ein Stückchen Meer, rund, rechteckig, sanft, nass – nach Belieben. Deine Zunge ist weich, sie schmilzt in den Küssen. Wir schänden sie, wir reizen sie. Wir, die Männer, die dich wollen, meine Freunde, meine Komplizen, meine Brüder.

André

Noch eine Miniatur, die mir Lust gemacht hat, zu schreiben und seinen Stil zu kopieren, ein Brief, nach dem ich wagte, Worte zu Papier zu bringen, wo doch so viele gute Schriftsteller schon unzählige Welten schufen. André hat keine Skrupel in Bezug auf andere, talentiertere Menschen, er sagt immer, man muss die Musik zum Klingen bringen, wenn man von ganzem Herzen Lust darauf hat.

Fatale Schönheit,

dein Kinn trägt zu deiner vornehmen Haltung bei. Es ist energisch, klar, herrisch und zum Anbeißen. Deine Stirn birgt die unglaublichsten Absichten, irre Verkettungen, unzählige Flaschenzüge, mit denen die Dinge zu Gedanken werden. Es rumpelt und raucht, es kleckst, es tanzt, es provoziert und was weiß ich noch alles.

Deine Ohren sind so zierlich wie deine Hände. Wie Muscheln aus feinem Knorpel, fast durchscheinend. Die kleinen Schmuckstücke, die du im durchstochenen Ohrläppchen trägst wie Diamantsplitter, hindern daran, sie zu lutschen. Das kommt später. An deinem Hals konzentriert sich der Duft deiner Haut. Unter der Wärme deines feinen Haars entströmt ihr die Essenz und schenkt den Lippen, die sich dort aufdrücken, trunkene Lust. Ich könnte stundenlang deinen Hals küssen und will niemals aufhören. Ich werde dabei so geil, dass ich wanken würde, müsste ich gehen.

Ich könnte fortfahren, wenn du willst, mit:
– deinen Schultern
– deinem Rücken
– deinen Pobacken
– deiner Poritze
– deinem Bauch
– deinem Schoß
– der Innenseite deiner Schenkel
– dem rechten Bein
– dem linken Bein
– den Füßen
– den Zehen
– der rechten Handfläche
– der linken Handfläche

– den Fingern
– den Handrücken
– dem Haar…

André

Und hier, ganz kurz, die Ankündigung seines Verlangens, das mich ein Mal zögern ließ, mich ihm hinzugeben – aus Tapferkeit und um ihm begreiflich zu machen, dass ich vielleicht nicht die bin, die er sich wünscht:

Sarah, du Schöne,
ich würde dich gerne fangen, dich ausziehen, dich an die Wand einer Kabine drücken und in dich eindringen, während ich dich an den Haaren ziehe und dir den Mund zuhalte, damit du nicht schreist. Warum könnte ich, objektiv gesehen, nicht derjenige sein, mit dem du deine Lust ausleben kannst?

André

Sich erinnern an Augenblicke, Gesten, kleine Ohnmachten, seine Arme, seinen Geruch. Sich erinnern an das, was nicht in den geheimen Winkeln des Gedächtnisses haften bleibt, weil es zu den Mysterien gehört. Sich dabei ertappen, wie man nach einem anderen Blatt, auch dieses gefaltet, greift wie nach einer Droge und die Augen den Pfad seiner Worte hinunterwandern lässt. Immer wieder, immer wieder:

Sarah, du Schönste,
weißt du eigentlich, was du willst? – Außer Schwänze und Bücher; abgesehen davon, eine Kriegerin zu sein und das Leben zu erforschen – deines und das der anderen?

André

Noch eine Miniatur. Es ist verrückt, aber ich kann nicht aufhören. Dennoch hat der Leser vielleicht genug von diesem Geschwätz. Für mich jedenfalls war es neu, berauschend und lyrisch. Auf den Zettelchen bekamen die Worte dieses Mannes eine romantische Dimension und nahmen im Kopf der Bücherliebhaberin höchsten Rang ein.

Sarah,
manchmal scheinst du mit der Gegenwart verbunden, willst geliebt werden, willst dich an den anderen, an die anderen, an diese Menschheit hängen. Dann wieder scheinst du sie zu fliehen, uns zu fliehen, dich entziehen zu wollen und die anderen zurückzuweisen. Welch eine Rebellin du bist! Die ver-

gangenen Jahre und der Mut, immer intensiv zu leben, haben meinen Blick klar gemacht. Mein Verlangen ist wirklich und stark, offensichtlich und unbedingt: Du gefällst mir, schönes junges Mädchen, du würdest mir gefallen, auch wenn du nicht schön wärst. Wenn ich dich nun von nahe mit dem Fernglas betrachte, bist du eine Insel, die ich gerne bereisen würde. Aber willst du das? Du, die du immer so fern scheinst? So unerreichbar? Du suchst, du scheinst so viel zu wissen, du bringst mich zum Lachen und du machst mir auch Sorgen, du machst mir keine Angst, und ich habe Lust auf dich. Ich brauche dich nicht, um ich selbst zu sein, stark und gelassen wie ein alter Weiser auf dem Berggipfel, aber ich weiß, dass du ein Mensch bist, der mir auch jenseits der Lust etwas bedeutet. Dich vögeln, o ja, dieses Verlangen ist groß! Ich mag den Geschmack und die Berührung deiner Haut. Deine Lippen machen mir Lust; wenn ich sie küsse, werde ich langsam trunken. Ich werde hart, als würde das Leben in mir aufwallen, mein Glied ist voller Blut und Lebenslust. Ich will dich auf alle Arten nehmen, die man nur ersinnen kann – von vorn, von hinten, von überall, an allen Orten und unter allen Bedingungen. S wie Sarah, S wie Sex, S wie Sinnlichkeit, Leben und Tod. Du bist S, meine Kriegerin. Die he-

rausfordernde Kriegerin, die die Männer scharf macht. Ich, ich bin der Wind und der Dichter…

Worte sind wie Parfümflakons. Denen, die lesen und die Worte zum Leben erwecken können, bis sie ihre Musik hören, schenken die literarischen Partituren feurige Schwingungen.

Noch ein Brief, den er später geschrieben hat:

Sarah,
ich habe den Geschmack deines Schoßes gekostet, seinen Duft eingesogen, gerne deinem Atem gelauscht. Es kümmert mich nicht, ob ich weiß, wo die Höhle deiner Lust, wo ihr heimlicher Winkel, ihr Schlupfloch ist. Ich genieße jede Berührung – die, die ich dir gebe, wie auch jene, die du mir nicht geben kannst. Ich habe Lust, dich zu lehren, dich zu nehmen, und direkt vor mir, fast im Fadenkreuz meines Fernglases, betrachtete ich deinen halb geöffneten Mund im Wind, der vom weiten Meer vor Venezuela herweht. Ich will deinen Mund genießen. Du sollst meine Sklavin sein wie auch meine unbezähmbare Kriegerin. Du bist ein Geheimnis, das ich liebe. Mein Atem geht langsam und kontrolliert, denn ich will nur glücklich mit dir sein und dir das schenken, was du ablehnst: das wilde Glück,

dich einem Mann hinzugeben. Du machst mich geil, ich will deine Beine spreizen und meine Leisten hineinschieben, möchte mein Glied in dich stoßen wie ein primitiver Wilder oder sanft und mit Feingefühl hineingleiten in deine salzig-süßen Wasser wie ein Regenbogenfisch, der sich frei über den größten Ozean der Welt wölben kann: die Schöpfungskraft des Seins, des Liebens, des Gefallens und des Glücks, in einem fremden Bann zu stehen. Nachts, Sarah, hat dein Körper die Farbe des Mondes, dein Arsch weckt mein Verlangen wie auch das anderer Männer, aller Männer, die dich begehren und dich nehmen wollen, die dich ausziehen und deine Haut lecken wollen, die mit der Lust des Eroberers in deinen Schoß und in deinen Arsch stoßen wollen. Ich gehöre nicht zu den Männern, die reihenweise Geliebte hatten, ich bin ein Mann, der die Intensität der Begegnungen steigern will. Eine Begegnung ist vielleicht ein Zufall, den wir uns nicht erklären können, vielleicht eine Verschmelzung, die einen Zaubertrank entstehen lässt, den kein Wort jemals fassen kann. Dieses Geheimnis vergrößert das Terrain der wollüstigen Freiheit, solange es besteht. Die wenigen Frauen in meinem Leben sind für alle Ewigkeiten in mir, sie haben mich nach dem Bild ihrer wilden Phantasien erschaffen. An dir

mag ich deine Lust und dieses freche Funkeln in deinen Augen, als du mir enthüllt hast, dass du auf Schwänze stehst. Und auf Bücher, ja, ich weiß. Ich mag auch dein Lächeln und deine Klugheit. Diese Mischung ist explosiv. Ich ergehe mich pfeifend im Blau deiner Augen. Auch wenn du darüber spottest – du machst mich glücklich. Das gehört mir, das kannst du mir nicht nehmen. Diese erste Liebesnacht in der Stille deiner Gedanken, die ich nicht kenne, ist die Saat… Vielleicht, eines Tages!
Dein künftiger Alter Lover

Und dann diese typischen Macker-Worte, senkrecht an den Rand geschrieben:

PS
Nimm einmal mein Glied in den Mund und in deine schönen Hände, lerne zu blasen und nimm mein Sperma wie eine Quittung der Lust, die du mir schenkst, und trinke es, auch wenn es salzig ist wie das Wasser jenes Saums, an den du dich nicht wagst. Ich will dich: frei, verhurt, pur, du… Und erzähle mir, wer du bist, du stille Heilige…

Nun, ich würde nicht »salzig« sagen – »eklig« erscheint mir passender!

Ich weiß nicht, wer ich bin, denn ich bin noch nicht, was ich sein möchte: ein Mensch im Allgemeinen, eine Frau im Besonderen. Ich weiß nur, dass Beziehungen zum Werden verhelfen, man nährt sich von anderen, um das zum Leben zu erwecken, was man in sich trägt. Ich weiß auch, dass ich mich beim Schreiben dieses Buches von dem nährte, was dieser Mann schrieb und das mir so kostbar ist. Ich habe seinen Stil angenommen, seine Art, Gedanken und Bilder zu verflechten. Wenn ich mich unter seinen Berührungen entdeckte, ließ ich in mir die wilden Phantasien aufsteigen, die in mir schlummerten. Er hat mich nicht verdorben, wie die Neider und die Prüden glauben mögen, er hat mich nur offen gelegt. Von dieser Yacht, die immer durch meine Träume segeln wird, ist mir diese unmöglich zu erfassende Vielfalt heißester Berührungen, plötzlicher Umarmungen und ach so süßer Küsse geblieben wie der Sturm. Von diesem Meer, das uns von Antiqua bis Los Roquès in Venezuela umgab, behalte ich, durchdrungen von der Art und Weise, wie ich den Raum erobere, die Spur der Bewegungen und das verdichtete Wissen, einer Welt der Schönheit und Erhabenheit anzugehören, einer sinnlichen Welt.

Auf einer Mole verabschiedeten wir uns. In Paris trafen wir uns wieder. Er rief mich auf dem Handy an und hinterließ eine kurze Nachricht auf der Box – die Adresse eines Hotels mit einem Bett vor Spiegelwänden. Ich musste ihn im Viertel von Pigalle treffen, wohin ich normalerweise keinen Fuß setze. Ich musste mich an einen Nachtportier wenden, dessen Gesicht mit Pockennarben übersät war. Ich musste die Hintertreppe hinaufsteigen, wo es muffig und schmutzig roch. Ich musste tief durchatmen und mir sagen, dass er hinter der Tür wartete, wo es nicht mehr weiterging. Dass er immer noch Lust auf mich hätte. Dass ich nicht wusste, ob ich ihm immer noch gefallen würde. Ob die Sarah seiner Träume nur eine vergangene exotische Frucht der Karibik war oder ob sie immer noch seinen Wünschen entsprach. Ob er mir, abseits einer Yacht, die der Welt der ewigen Träume angehört, nicht zu alt erschien … Es gab so viele Unbekannte in dieser Gleichung …

Manche Geräusche hallen stärker nach als andere. Als ich klein war, war es das Brutzeln von Brot, das mit Ei und Milch getränkt und in Öl ausgebacken wurde, die berühmten »Armen Ritter«. An jenem Abend in Paris, ganz allein in dem schmutzigen Korridor, wo nur ein trübes Licht brannte, warf mein gekrümmter Finger auf dem Holz der Tür ein Echo zurück, das keinem anderen Ton glich!

Dennoch war es nur ein leises Klopfen, auf das eine tiefe Stille antwortete. Aber wie soll ich erklären, dass ich damit gerechnet hatte?

Tock tock tock…

Ein Klicken, dann ging die Tür einen Spalt auf, ein weiteres weiches Licht fiel aus einem außergewöhnlichen Zimmer. Es war so unerwartet groß, dass mir schwindlig wurde. Nach der schmalen Treppe und dem beklemmenden Flur erschien mir dieses Zimmer wie ein Meer, in dessen Mitte das Boot schwamm: ein riesiges Bett, weiß wie ein gestrichenes Segel. In einem Spiel der Spiegel wiederholte sich das Bild in alle Unendlichkeit, dass ich einen Drehwurm bekam. Er war da, er, mein Alter Lover, mit verbundenen Augen stand er vor mir.

»Ich bin dein.« Er streckte die Hände nach der Stelle aus, wo ich eingetreten war und die Tür hinter mir geschlossen hatte.

»Ich bin dein, wie du mein gewesen bist …«

In dieser Welt, wo ich ihn nackt und mich angezogen sah, dachte ich, dass nun der Moment gekommen war, den ich so ersehnt hatte, der Moment, da ich endlich kommen würde. Dachte er das auch, mein geheimnisvoller Liebhaber von fünfzig Jahren mit seinen Augen im Dunkel und seinen Händen bereits auf meinem Körper? Er streichelte mit seinen runden Fingerkuppen meine Brust durch den Stoff meines T-Shirts, das ihm so gefiel. Erkannte er das Kleidungsstück wieder? Blind, geführt von seinem Verlangen wie von einem Echoimpuls auf dem Radarschirm? Ich spürte ihn intensiv. Und während ich wartete, verursachten mir diese Finger Schauder und den Wunsch, dass es dauern möge. Ein alter Liebhaber kennt dieses Verlangen nach Dauer. Und ich, das junge Mädchen von zwanzig Frühlingen, wie mich meine Großmutter gerne nannte, beherrschte ihn mit meinen weiblichen Trümpfen und meiner Lust, zu nehmen und genommen zu werden.

Ich sah, wie seine Finger die Träger des T-Shirts

packten, sah, wie der dünne Stoff über meine Schultern rutschte, sah mich ganz vor diesem nackten Mann, reglos stieß ich meinen Atem aus, den er kontrollierte, indem er seine Lippen auf meine Drosselgrube drückte. Wie aufregend das war! Woher wusste er, wie sehr ich diese Berührung mochte? Wie bedächtig und zärtlich er war, wo ich ihn doch so stürmisch und grob kannte!

In den Spiegeln wirkten meine Brüste wie der Busen einer fremden Frau – so hart waren meine Nippel unter seinen Fingern geworden. Es war zu viel, ich war schon klatschnass … ich wollte, dass er schneller machte, dass er stärker zulangte.

»Ich bin dein, wie ich gesagt habe«, verkündete er bestimmt.

Ich packte sein steifes Glied. Zum ersten Mal in meinem Leben bestimmte ich das Spiel.

Die Spiegel regten meine Phantasie an, doch mein Körper verweigerte wieder einmal die Hingabe. Im wilden Spiel unserer Berührungen und Liebkosungen, unserer Hände, Münder, Zungen, unserer Haut und unserer Geschlechtsorgane kam der Mann. Er schrie so laut, wie ich es nie zuvor gehört hatte. Bei den Bildern, die wir verstohlen erhaschten, schrie ich auch, aber ich war nicht gekommen.

Floh mein Körper diese Lust, oder war es diese tyrannische Bewusstheit, die mich immer daran hinderte, eine richtige Frau zu sein und mich rückhaltlos hinzugeben? Wie bekam man einen Orgasmus? Musste man dazu animalisch sein? Wie sollte man die Kontrolle über seine Empfindungen verlieren und sich darin gehen lassen? Immer die gleichen obsessiven Gedanken! Jedes Mal brachten sie mich ein wenig mehr in Rage. Wenn ich eine Frau auf der Straße oder sonstwo betrachtete, war ich sicher, dass auch sie zwangsläufig keinen Höhepunkt hatte, oder ich verabscheute sie. Warum sagte man nicht öfter, dass Frauen die höchste Lust nur schwer erreichen können? Und dass die Männer sich irren, wenn sie so selbstsicher glauben, diese Lust zu schenken.

Mein Alter Lover amüsierte sich über meine Ungeduld, die Erfüllung der Lust zu finden. Lachend sagte er, es sei normal, wenn ein Mädchen meines Alters die Geheimnisse des Lebens noch nicht durchdringt, und es sei sehr viel wichtiger, nicht zu schnell fortzuschreiten auf dem schwierigen Weg, das Leben kennen zu lernen.

»Vor dreißig kann eine Frau nicht richtig kommen!«

Er konnte immer reden, er wusste so viel über Männer und Frauen. Ich sollte noch zehn Jahre warten – er war verrückt! Welch ein Provokateur! Dennoch beneidete ich ihn um die Erfahrung seiner fünfzig Jahre, die er offenbar sehr intensiv gelebt hatte. Er war Ethnologe, er hatte jahrelang eine Papua-Gesellschaft auf einer fernen Insel Irian Javas studiert. So konnte er eine Distanz zu den »westlichen, zivilisierten« Menschen wahren, deren Verhaltensweisen er immer mit einer gewissen Ironie schilderte, mit wohlmeinender Ironie, denn er hegte keinerlei Groll, auch wenn er sah, dass der Kapitalismus den Menschen immer mehr zu einem Konsum-Roboter machte, dass ihn Arbeit und Strukturen knechteten, denen er sich nicht entziehen konnte. In meinen Augen war André ein freier Mensch, und als solcher stand er gewissermaßen am Rand der Gesellschaft. Ich beneidete ihn um das, was die Zeit in seinem Bewusstsein abgelagert hatte, auch wenn es oft unbewusst geschehen war. Warum konnte ich, die ich aus Büchern das Wissen von anderen schöpfte, nicht die Intensität der Existenz einsaugen? Warum konnte ich, die ich philosophische Texte verschlang, nicht die Weisheit der Geduld und der Gründlichkeit finden? Ich bewunderte Philosophen, die den Sinn ihrer Studien benennen und mit ihrem Denksystem Antworten geben können auf so viele existenzielle Fragen, die die Menschen sich stellen, sofern sie wirklich lebendig sind. Warum braucht es so viel Zeit und so viel Suche, um das Recht auf einen Orgasmus zu bekommen?

»Ich habe Brüste, ich habe einen Mund, einen Arsch, eine Möse – warum also klappt es nicht?«

Er lachte aus vollem Hals und streichelte mich mit seinen großen, gepflegten Händen, die ich mir so geübt und so erfahren im Umgang mit anderen schönen Frauen vorstellte, die er bei Tag oder bei Nacht zum Höhepunkt gebracht hatte. Warum nicht mich?

»Die Poesie der Lust ist Teil einer geheimen Kunst, die mit dem Leben wächst. Es ist gottlob nicht nur eine Technik!«

Was wusste er schon? Manchmal widerte mich seine Sicherheit an, wenn ich mich von ihm umarmen ließ, um ihm zu zeigen, dass ich vor nichts Angst hatte, nicht einmal davor, mit anderen Männern zu schlafen. Was habe ich nicht alles gesagt!

»Ah, ist das ein Jungmädchentraum?«

»Mit zwei Männern zu schlafen? Natürlich!«

Der Alte Lover musterte meine Art, seine Lust anzufachen.

»Du kleine geile Sau!«

»Danke!«, gab ich mit einem lächelnden Kussmund zurück. »Danke, Monsieur.«

Seit diesem Augenblick sollte derjenige, der mich wütend machte und anzog zugleich, die Hauptperson einer Wahl werden, die ich für mein Leben traf. Ich war eine fleißige Schülerin gewesen, war ernst und wissbegierig in der Schule, brav und vernünftig zu Hause, zurückhaltend gegenüber Fremden, nun öffnete ich nicht ohne Genuss eine neue Option in meiner Geschichte. Es war entschieden und akzeptiert! Ich wollte entschlossen meine Jugend leben und alles mitnehmen, was mir der Jahrmarkt bot, wollte von der Schönheit profitieren, die die Jugend schenkt, und von dem Leichtsinn, den sie als Entschuldigung für Verirrungen angibt. Warum nicht? Ich wollte die Chancen einer kessen Lolita testen. Indem ich diesem fünfzigjährigen Mann meine geheimsten und verborgensten erotischen Phantasien enthüllte, fand er in mir eine kühne Komplizin, und mit dem Respekt, den er mir entgegenbrachte, gewann er mein Vertrauen. Welch ein Abenteuer! Wenn ich heute im Rahmen dieser Zeilen daran denke, wird mir klar, dass ich nichts bereue, doch mein Wagnis wirft mich wieder auf eine Überlegung zurück, die immer in meinem Kopf präsent war: Wie soll man mit so großer Intensität und Erfüllung leben wie diese so vollständigen Personen in den großen Romanen, die meine Vorstellung beflügelten? Indem ich mit André alles wagte, hatte ich das Gefühl, selbst eine dieser Personen zu werden und nicht nur eine Leserin zu sein.

Es klingelte am Gartentor, er öffnete. Der Lärm der Reifen auf dem Kiesweg kündigte an, dass ein Wagen kam. Draußen im Birkenlaub sang der Wind das Lied des Landes, in das immer wieder Vögel mit ihrem Gezwitscher einfielen. Andrés Haus strahlte wohltuende Ruhe aus. Das Anwesen wirkte beschützend. Die Einsamkeit erfüllte einen Zweck. Hatte es eine Familie beherbergt? Seine Familie? Vor allem die dicken Mauern verströmten einen Geruch von Holz und Büchern – ein leichter, beruhigender Duft. Sicherlich habe ich mich deshalb so wohl gefühlt, so aufgenommen von ihm und dem Haus. Mit dem Alten Lover war ich sicher, dass ich niemals in eine gefährliche, grobe, respektlose Situation geraten würde. Ich würde immer »Sarah« bleiben, das Mädchen, das er seine »goldige Komplizin« nannte.

Einige Tage zuvor hatte er mich in sein Refugium auf dem Land eingeladen, um dort eine meiner Phantasien auszuleben, wie er sagte.

»Etwas Wichtiges, damit man das Terrain des erträumten Verlangens verkleinern und das Feld des Möglichen vergrößern kann.«

Das Unmögliche möglich machen. Eine vorgestellte Situation verwirklichen. Sich inszenieren, sich als aktive Person zum Leben erwecken.

Er hatte mir von einem Freund erzählt, mit dem er schon viele Abenteuer erlebt hatte. »Uns eint eine starke, brüderliche Freundschaft, die uns sogar erlaubt, die intimsten Dinge zu teilen.« Er würde kommen und mit mir schlafen, André hatte ihn eingeladen. Im Grunde eine einfache Geschichte. Würde er mir gefallen? Das war nicht die Frage. Wie wäre er? Was würde er mit mir machen? Würde ich es denn wagen, diese große Entfernung zurückzulegen, die gedachte und vollbrachte Tat trennt? Braucht man dazu Mut oder Verwegenheit? Vielleicht würde ich ja in diesem neuen Abenteuer zum lange ersehnten Höhepunkt kommen.

Als mir André die Augen mit einem schwarzen Tuch verband, war mir klar, dass er die Sache für mich in die Hand nehmen würde. Er hatte sicherlich nach einigem Nachdenken auch entschieden, dass ich keine Zuschauerin dessen sein würde, was da käme. Er bot mir die neue Erfahrung, meine anderen Sinne den Augen vorzuziehen. Haut, Gerüche, Laute, Geschmack würden beweisen, dass das, was sich da zusammenbraute, ganz bestimmt kein Traumbild war. Zu meinem großen Erstaunen war ich gefügig. Das Tuch war weich und warm, und die plötzliche Dunkelheit schenkte mir eine neue Lust. Die Tür ging auf und schloss sich wieder leise. Wollust durchströmte mich. Während der Alte Lover mein Gesicht streichelte, hatte ich den Eindruck, seine Hand wäre von Kopf bis Fuß über meinen Körper geglitten. Wartete der Fremde auf mich? Sah er zu? War er nah bei mir oder weit entfernt? Was dachte er von diesem Mädchen mit den verbundenen Augen, das so still war, ergeben und gespannt?

»Das ist Sarah«, sagte André feierlich.

Wenn man betrachtet wird, ohne selbst zu sehen, begreift man, wie sehr der Raum von unsichtbaren Schwingungen und Kräften beherrscht wird. Mit geschlossenen Augen unter dem schwarzen Tuch nahm ich einen Blick auf meiner Haut wahr, ich spürte sehr deutlich, wie er sich meinen jungen Körper einverleibte. Im Raum war nichts zu hören außer den Geräuschen, die gedämpft von draußen hereindrangen. Ich saß auf einem tiefen Sofa und spürte, wie mich die erregende Scham einer Lust überkam, die nun im Entstehen war. Die Blicke der Männer wanderten über meinen Körper, schätzten meine Rundungen ab, wurden durchdringender, während die Männerkörper sich still bewegten.

»Wie schön sie ist!«, sagte eine Stimme, die Stimme des Mannes, den ich nicht kannte. Und eine Hand, die nicht die Hand des Alten Lovers war, legte sich auf mein Haar.

Ich hatte Lust, ich hatte keine Angst, nicht den Hauch von Angst, nur Lust. Lust, dass sie mich berührten, dass sie mich nahmen, dass sie mich unterwarfen, weil das in ihrer Vorstellung so schön war. In meiner Vorstellung sah ich mich umgeben von den beiden Männern, die mich ansahen und wussten, ich gehörte in all den kommenden Momenten ihnen, nur ihnen. Welch eine Verheißung von Lust! Sie waren in einigem Abstand zu mir gestanden, nun konnte ich an der Wärme spüren, dass sie näher kamen, mich umkreisten, mich berauschten. Vier Hände legten sich auf meine Haut, streichelten meinen Hals, meine Schultern, meine Schenkel, meine Knöchel. Mein Atem ging hörbar flacher. Sie hielten in ihren Bewegungen inne, um ihn besser zu hören; sicherlich genossen sie es. Einer der beiden strich mit seinen Lippen leicht über meine Lippen. Es war nicht André. Ich war nun das Objekt ihrer Begierde, war nur noch Atem und Feuchtigkeit. Nass war ich, klatschnass und so scharf … Ungeduld überkam mich, ich wurde fast wahnsinnig …

»Sie ist nicht nur schön – sie will auch genommen werden.«

Genau in diesem Moment konnte ich nicht umhin, mir diese Frage zu stellen: Warum erregte mich die Vorstellung so, ein Sexualobjekt zu sein? Finger kniffen in meine Brüste. Über meine Fragen und Zweifel würde ich später nachdenken. Es war so schön! Mein Körper unter ihren Händen … Ich zeigte mich erkenntlich, weil mir mein Alter Lover dieses erhoffte Abenteuer ermöglicht hatte. Durch das Tuch bewahrte ich mir eine verschwommene Vorstellung, die vor der obszönen Grobheit von Handlungen schützt, die man als pornografisch bezeichnen könnte. Im Gegenteil – die Wollust durch die Glut der Berührungen gehörten einem poetischen Zustand an, dessen Rahmen nicht klar definiert war. Dennoch wollte ich, dass sie mich auszogen, küssten, dass sie mit meinem Körper machten, was sie mit einem jungen Mädchen machen wollten, das noch nie, noch niemals in seinem Leben gleichzeitig so viele Liebkosungen von Männern genossen hatte.

»Wie ungeduldig sie ist!«

Ich hatte eine der vier Hände gepackt und an meinen Schoß geführt. Ich hörte sie lachen und ließ die Hand los, während die anderen Hände meine Bluse auszogen, meinen BH aufhakten, meine Brust entblößten. Ich war im Reich der Hände und Finger, in einer Welt aus drängenden, eiligen, kneifenden, knetenden, reibenden, kratzenden Berührungen. Ich hatte nicht gewusst, dass ein Körper vor so vielen Empfindungen auf ein Mal so vibrieren kann. Nun streiften zwei Hände erst meine Hose ab, dann zogen sie mein Höschen aus; ich hatte ein schwarzes gewählt.

Meine Augenbinde hatte sich ein wenig gelockert. Ich sah Andrés Freund. Gefiel er mir? Er gehörte nicht zu der Sorte Mann, die ich gerne ansah. Er war mir fremd, aber sein Mund drückte sich auf meinen und gab mir zu verstehen, dass bestimmte Männer die Kunst des Küssens beherrschen. Geküsst worden war ich dennoch schon unzählige Male. Die ersten Küsse fand ich widerlich. Ich erinnere mich, dass ich meinen ersten Kuss von einem sehr schönen jungen Mann bekommen hatte;

ich war damals achtzehn. Ich wollte nicht, aber er war stärker und zwängte sich in meinen Mund. Er schob seine speichelnasse Zunge zwischen meine Lippen und suchte meine Zunge. Noch heute sehe ich deutlich das Gesicht vor mir, das er dabei gemacht hatte; den Kopf hielt er geneigt, um meine Nase nicht zu drücken. Eklig! Noch am selben Abend vertraute ich meiner Freundin Charlotte das Erlebnis an. Wir hatten am Telefon gebrüllt, als hätten wir beide einen Albtraum!

»Ekelhaft!«

Doch nun, bei diesem Mann, war ich wie betäubt. Er leckte und saugte mit so raffiniertem Zartgefühl an meinem Mund, meiner Zunge, meinen Lippen, dass ich am ganzen Körper zitterte. Welches Geheimnis steckte dahinter? Ich war nackt zwischen zwei Männern, die mich streichelten. Ich war nackt mit meinem Körper, dessen Weiblichkeit noch nicht voll entwickelt war, und brannte darauf, mich von der Lust der Männer erregen zu lassen, dabei wusste ich in jedem Augenblick, was ich tat, wenn ich mich nicht gehen ließ. Ich hatte Lust auf sie, so viel sie wollten. Ich war eine Hure, die Hure, die in mir steckte. Und das gefiel mir.

Sie stellten mich hin. Zwei Hände strichen über meinen Po, während ein Mund meinen Schoß küsste und die Zungenspitze hineinsteckte, dass ich bebte. Andere Hände strichen über meine Schultern, andere Lippen küssten meinen Nacken. Welch eine Wonne! Von dem, was nachher geschah, erinnere ich nur Einzelheiten und ein großes Wohlbehagen darüber, dass ich mich getraut hatte. Über eine lange Zeit drangen der eine und der andere in mich ein, in meinen Mund und in meinen Schoß. Lange strichen sie voller Lust mit Händen und Lippen über meine Haut und genossen mich, bis sie satt waren.

Wenn der Mann erst satt und sexuell befriedigt ist, ist sein Körper nicht mehr angespannt. Seine Kraft und Gewalt verbrauchen sich im Orgasmus, seine Triebe weichen dem Verstand. Er wird sanft und auf gelassene Weise klar im Kopf.

Diese Sanftheit, die uns in diesem Haus umfing, nahm ich an wie ein Geschenk. Als die Nacht so weit fortgeschritten war, dass sie mir die Binde abnahmen, waren wir drei glückliche Menschen, die ihre Lust gelebt und eine schöne und natürlich kostbare, geschwisterliche Intimität geteilt hatten.

Der Freund des Alten Lovers hat mir sogar eine neue Empfindung beschert, als er mich auf sein

Glied setzte und so tief in mich eindrang wie noch niemand zuvor.

Doch warum, warum konnte ich mit solchen Liebhabern wieder keinen Orgasmus haben?

»Sarah, dein Kopf tyrannisiert dich!«

Der Arroganz der jungen Leute, der Lässigkeit, mit der sie der Liebe begegnen, ziehe ich die wehmütige Weisheit eines Alten Lovers vor. Es war eine Gelassenheit, die er nach vielen Prüfungen erlangt hatte. Es war eine Weigerung, sich der Illusion hinzugeben, man hätte Macht. Es war der gnadenlose Scharfblick, mit der er Distanz zum Leben und seinem unausweichlichen Ende nahm. Das erklärte er mir eines Tages, um seinen Status als Randperson der Gesellschaft zu beleuchten. »Der Ethnologe bringt für die moderne Welt nicht viel, denn diese Welt verleibt sich alle anderen Welten ein und löscht sie aus.«

Er hatte den Eindruck, die Menschheit schreibe immer verrücktere Geschichten, weil die Geschwindigkeit der Ausführung einer jeden Handlung zu hoch geworden ist. »Eines Tages werden wir Karikaturen unserer Selbst sein. Man wird sich an die Menschen erinnern wie an eine antiquierte Erfindung.«

Ich mochte es, wenn er mich auf offener Straße in den Arm nahm und sich nicht um das Bild scherte, das wir abgaben. Er war älter als mein Vater, ich war in dem Alter, in dem man Mädchen gerne noch unschuldig und rein findet. Vielleicht waren die einen oder anderen Passanten und Passantinnen schockiert. Dann sollten sie eben weitergehen! Anders als viele andere Paare, denen wir auf der Straße begegneten, hatten wir keinerlei Absicht, uns Versprechen zu geben und Besitzansprüche zu stellen. Langeweile war uns fremd, Monotonie gab es nicht. »Liebe« gab es nur als zärtliche Aufmerksamkeit, nicht als ausgesprochenen Liebesbeweis, nicht als Schlaflied und vor allem nicht als hohle Phrase. Ich hatte ihm verboten zu sagen: »Ich liebe dich.« Ich wollte schließlich kein blökendes Schaf. Ich empfand es als vornehmes Privileg, Momente mit ihm und ohne ihn zu leben. Zusammen Tee trinken, sich ansehen, sich berühren. Sich Schweinereien ins Ohr raunen, sie tun und wieder tun. Keine Lügen, keine Missverständnisse. Außerhalb seiner Arme war ich frei. In seinen Armen war ich ich selbst und ganz vollständig. Es war aufregend. Ich wusste immer noch nicht, was es mit der höchsten Lust auf sich hatte, aber ich lebte meine Lust mit Selbstsicherheit und verließ mich ganz auf seinen Einfallsreichtum. In meinem Studium fand ich Befriedigung ohne Enttäuschung, ich lernte Leute kennen und erkundete die Welt und ihre Möglichkeiten. Zwischen meinen Schreib- und Lesephasen traf ich mich mit ihm und fand dabei immer wieder neues Prickeln. Dieser Alte Lover war besessen. Er liebte die Lust und den Sex. Ich auch. Es war seine Art, sich vor den Lügen einer Gesellschaft zu schützen, die zu oft vorgab, den Menschen Glück zu bringen, während sie nur die Wahrheit über die Einsamkeit des Einzelnen verschleierte.

Ich liebte Überraschungen, die kleinen Rendezvous, die er ohne Vorankündigung organisierte. Und so hatte der Alte Lover …

… einen sehr schönen jungen Mann zum Essen eingeladen. Einen jungen Mann, der begriffen hatte, dass nur solche Dinge das Glück ausmachten, die man nicht kaufen konnte: in den Bergen wandern, am Strand spazieren gehen, mit einem Freund reden, den Himmel betrachten, träumen, Tee trinken … Er hatte eine Leidenschaft für Holzkonstruktionen und verbrachte ganze Tage im Wald. Er war sportlich, er war lyrisch, und man spürte, dass er sich in seinem Körper wohl fühlte. Er war so anders als die Karrieregeier. Er war einzigartig und wunderbar … Der Alte Lover machte uns an jenem Abend das Geschenk unserer beiden Körper, dort auf dem tiefen Sofa, wo schon eine andere Geschichte geschrieben worden war.

»Und wenn ich ihn nun hier und jetzt küssen würde?«, flüsterte ich ihm zu.

Er lächelte und zuckte mit den Schultern. Wir saßen alle drei nebeneinander und sahen dem Wind in den Birken zu.

»Trau dich! Streichle seinen Schwanz!«

Der Alte Lover, der Provokateur! Bei der Vorstellung dieser Kühnheit lief mir ein Schauder über den ganzen Körper. Sich trauen. Das machen, was man sich gerade vorgestellt hatte. So tun, als könnten wir bestimmen, was dann kommt. Die zu erwartende Ordnung bei einem Essen in unserer zivilisierten Gesellschaft durcheinander bringen. Mein Gesicht zu diesem schönen Mann drehen.

Er küsste zärtlich und gierig. Ich ließ meine Hand zu seiner Hose gleiten, ich spürte seinen Schwanz, der schon steif war. Er war lang. Er war hart. Und bei meinen Liebkosungen und meinen Küssen wurde er noch größer.

André küsste meinen Nacken und sah meine

Hand an. »Nimm ihn in den Mund!«, raunte er mir ins Ohr.

Der junge Freund konnte meine Verwegenheit kaum fassen. Er sah, wie meine Hand seinen Gürtel aufschnallte, den Reißverschluss aufzog und die Hose zu den Schenkeln hinunterstreifte. Er sah, wie meine Finger sein hartes und steifes, sein langes und zartes Glied umschlossen. Er sah, wie sich mein Gesicht von seinem Gesicht entfernte, und sah das Gesicht meines teuflischen Alten Lovers, sah, wie mein Mund ihn aufnahm, wie meine Zunge ihn leckte. Manches Glück kann man geben und nehmen zugleich. Ich wusste, dass der Mann André freundschaftlich verbunden war und dass in dieser Freundschaft die gegenseitige Achtung eine wichtige Rolle spielte; wer in unseren Liebesspielen auch nur den Hauch der Perversion sehen wollte, hatte sich verdammt getäuscht. Ich mag die Sexualität der Männer, ich mag die Lust, die ihr Verlangen schenkt, ich mag ihre Berührungen auf meiner Haut. So sehr, dass die Welt schön, klar und warm wurde.

»Gehen wir ins Zimmer«, sagte André und ging voraus.

Sein Freund zog sich aus und folgte uns über den Flur. Er war schön, muskulös, seine Haut zog mich an. Im Bett gehörte ich ihnen, sie gehörten mir. Die Berührungen waren neu, die Gesten besonders, die Momente erinnerungswürdig, die wir in unseren gegenseitigen kühnen und kostbaren kleinen Spielchen erlebten.

Er sagte, ich hätte den Körper einer griechischen Statue, er liebe meine Figur. Es war lustig und originell, wie er sich ausdrückte, wie er die Worte in seinem Mund formte, der so wunderbar küsste. Seine Hände waren leicht und warm. Er liebte die Frauen und sagte immer wieder, es gebe für ihn kein größeres Glück. Ich spürte, wie er meinen Atem einsog. Ich traute mich, mich hinzugeben und wartete gespannt auf den Höhepunkt, der sicherlich kommen würde. Hier, auf diesem Bett. Dieses Mal. In dieser Nacht. An diesem Tag. Mit ihnen …

André nahm mich von hinten, wie ich es so gerne mochte. Er wollte, dass ich ihn mit einer Hand zwischen den Beinen streichelte. Der Freund sah zu, küsste mich manchmal auf den Mund, auf die Brüste, legte seine Hand auf meinen Nacken, auf mein Haar. Ich fühlte mich außerordentlich wohl, aber die Lust blieb hartnäckig in meinem Geist gefangen. Wie soll ich das erklären? Da war eine Hemmung trotz meiner Begierde. Das Glied meines geliebten Alten Lovers war in mich eingedrungen und machte mich beben vor Lust, doch die so ersehnte Explosion ereignete sich nicht, nie, nie … Als er sein Glied aus meinem Schoß zog, hockte sich sein Freund hinter mich und schob seine Finger in meine Möse und in meinen Arsch. André hatte die Hände auf meinen Nacken gelegt, ich leckte sein Glied wie einen Leckerbissen. Es war toll, genommen zu werden, während ich einem anderen Lust schenkte. Es war toll, Mittelpunkt ihrer Aufmerksamkeit, ihrer Finessen, ihrer Begierde zu sein.

»Nein!«, schrie ich. »Nein! Nein! Ja!«

Während ich schrie, spürte ich, wie das Tierchen in mir freigesetzt wurde und ich ins Reich der Wollust glitt, ich vergaß mich wie nie zuvor. Die Finger, die sich in mich schoben, waren erfahren, er hatte seine Zunge hinzugezogen. Und André leckte meinen Bauch. Ihre beiden Köpfe waren wie Tiere, die an mir schlabberten, ihre Hände Folterinstrumente.

»O ja!«

André wich zurück, nahm mein Gesicht in seine feingliedrigen Hände und küsste mich zärtlich. Ich hatte wieder einmal auf die Verheißung des Höhepunktes verzichtet. Ich war aufs Laken geglitten, und die beiden streichelten mich sanft, rieben sich leicht an mir, Finger und Haut begegneten sich.

Um zwei Uhr in der Nacht begleitete André seinen Freund ins Wohnzimmer, wo er sich anzog. Ich hatte mit geschlossenen Augen einen Abschiedskuss von dem neuen, jungen Liebhaber bekommen und begriffen, dass André mich für sich allein haben wollte, er wollte den Rest der Nacht und den Schlaf mit mir verbringen. Das gefiel mir. Nein, ich war nicht in ihn verliebt. Nein!

Große Überraschung am Nachmittag. Die Tür ging auf, und ich erkannte diesen Mann sofort wieder. André gab ihm die Hand und küsste die Frau, die ihn begleitete. Sie war Italienerin, groß, sinnlich und wunderbar, wie es diese Frauen sind, die überschwemmt von Liebesgeflüster und Sonnenschein aufwachsen.

»Ich will dir Manuello und Clara vorstellen«, sagte André mit seinem typischen Lächeln – sanft, charmant und verschwörerisch.

Er hatte Tee und Kuchen vorbereitet, der Tisch im Esszimmer war mit einem roten Tischtuch gedeckt, das den Umsitzenden einen sonnigen, wohligen Teint verlieh. André hatte gesagt, er habe ein Paar eingeladen, alles könne passieren, man wisse nie. Sein Freund sei ein Schelm, seine Geliebte sei lebenslustig. All das hatte er wirklich schon im Voraus gesagt. Doch was ich nicht wissen konnte: Manuello war der Mann, der mich damals in der Buchhandlung der Rue Monge so erregt hatte, der Mann, der mir die erotischen Comics gezeigt hatte. Und womit ich nicht hatte rechnen können: Die schöne Italienerin ähnelte der üppigen Schönheit, die sich für immer in mein Gedächtnis eingebrannt hatte.

André spürte etwas, sagte aber nichts. Er freute sich über den leckeren Imbiss und wartete ungeduldig, dass etwas passieren würde ... Der Tee war vorzüglich.

»Aus Russland«, erklärte André.

Manuello hatte mich seit seiner Ankunft nicht aus den Augen gelassen, plötzlich wurde das Bild klar, das er seit unserem Händedruck verschwommen vor Augen gehabt hatte:

»Jetzt weiß ich – ich habe Sie in einer Buchhandlung getroffen.«

Er lächelte bei dieser Erinnerung. Dann erzählte er, wie er sich an mich gedrückt und mir die Bilder gezeigt hatte, die mir seitdem nicht mehr aus dem Kopf gingen – und da veränderte sich die Atmosphäre am Teetisch. Ich kannte meinen Alten Lover und wusste, dass er bereits vom Anblick der schönen Begleiterin seines Freundes erregt war; er lächelte mir verschwörerisch zu. Ich war schon nass, dennoch versuchte ich, ein ernstes Gespräch mit Clara zu führen. Sie arbeitete beim Finanzministerium und hatte nichts mit dem erotischen Model in dem italienischen Heft zu tun; sie wohnte in Rom und kam oft nach Straßburg, wo sie Mitglied einer EG-Kommission war. Während sie sprach, sah ich nicht ihren schönen Mund an, sondern ihre Hände. Denn jedermann weiß: Hände sind sehr aufschlussreich. Sie geben Hinweise auf die Persönlichkeit des jeweiligen Menschen. Ich hatte die Erfahrung gemacht, dass es eine ziemlich direkte Beziehung zwischen Form und Größe der Finger, vor allem des Daumens, und dem Geschlecht des Menschen gibt. Es ist bizarr, wie einem diese anatomische Entsprechung plötzlich in den Sinn kommt. Ich muss mal Charlotte fragen; sie studiert Medizin. Vielleicht gibt es ja eine Studie über die Harmonie der Körperteile. André hatte schlanke Finger, schlank wie sein Schwanz, den ich so gerne ansah und so gerne anfasste. Manuello hatte kräftige Hände, die Daumen waren nicht sehr lang, und er dürfte einen dicken, aber gedrungenen Schwanz haben. Clara hatte sehr schöne feingliedrige Hände und bewegte sie klug und anmutig. Da strich sie zum Beispiel über den Rand der Teetasse, während ich über meine Seminare an der Uni sprach.

Plötzlich unterbrach André die Unterhaltung und schlug übergangslos vor, ins Schlafzimmer umzuziehen. Er hatte vielleicht Humor! Er verdarb natürlich das köstliche Vorspiel, aber er verhinderte auch, dass sich ein Missverständnis hielt über das, was wir am Ende alle im Sinn hatten: uns anzufassen.

Ach, Claras Finger!

In Andrés Zimmer lag Matratze auf Matratze. Er konnte sein Bett über die ganze Breite des Raums ausdehnen, unsere Kleider lagen überall verstreut, und wir selbst konnten uns breit machen. Clara küsste mich als Erste. Ihre Zunge schob sich langsam zwischen meine Lippen, während Manuello ungeschickt versuchte, meine Hose auszuziehen. Aus dem Augenwinkel sah ich, wie André Claras Minirock hochschob und den Gürtel aufschnallte. Ich hatte Lust auf ihn und war plötzlich eifersüchtig. Ich wollte nicht mit ansehen, dass er diese Frau begehrte, die so gut küsste. Wieso waren mein Kopf und mein Körper von so einem merkwürdigen Schwindel ergriffen? Claras Zunge berührte meine Zunge. André hatte Hose und Unterhose ausgezogen, ich sah, wie sein steifes Glied sich Claras Hintern näherte. Dieser Schuft! Ich versuchte, mich den köstlichen Küssen meiner Konkurrentin zu entziehen, da packten Manuellos kräftige Hände meinen Kopf und zogen mich zu seinem Glied. Er füllte meinen Mund so aus, dass meine Lippen fast platzten. Ich bekam keine Luft mehr und vergaß, dass André in Clara eingedrungen war. Das Zimmer und unsere Brust waren erfüllt von unserem Stöhnen und Keuchen. Was sollte es – André und diese schöne Frau? Was sollte es, dass Manuellos Glied zu groß war für meinen Mund? Vielleicht würde er mir ja den erträumten Höhepunkt schenken. O Manuello, nimm mich! Aber nein – er hatte sein Glied aus meinem Mund gezogen und Clara auf dem Bett umgedreht. Er zog André zu ihr, er wollte, dass beide in sie eindrangen. Das war irr! André lag unter Clara, mit der rechten Hand führte er sein Glied an den Hintern dieser Frau, die älter war als ich, die so sinnlich atmete und sicherlich kommen konnte. Manuello lag auf ihr und drang in ihren Schoß ein. Und ich? Was war mit mir? Diese geilen Schurken! André bekam keinen hoch, er schob Clara weg, die seinen Bauch eindrückte, und nahm mich in die Arme. Wie gut das tat. Seine Haut an meiner Haut, seine Lippen auf meinen Lippen. Meine Hand glitt zu seinem Glied, das nun wieder steif und lang wurde und mich erregte. Wenn ich die Augen schloss, fühlte ich mich leicht und glücklich. Wenn ich sie wieder aufschlug, machten mich die Körper von Clara und Manuello verrückt vor Verlangen. André schob mich zu den beiden. Manuello hatte Clara auf die Knie gesetzt … und während ich den Schoß des Mannes leckte, der in den Schoß einer Frau eindrang, verwandelte ich mich in pures Gefühl, nichts anderes, und die Worte verstummten, die mir mein Kopf unablässig soufflierte. Warum war der Höhepunkt so nah und dennoch so unerreichbar? War ich im Begriff, eher eine Statistin in einem Sexkalender oder Sexkatalog zu werden, als eine Akteurin des Kamasutra, wo Sex und Geist miteinander in Einklang stehen? Manuello spritzte in Claras Schoß und meine Lippen klebten von der Mischung aus Säften der Lust. Tränen stiegen mir in die Augen, doch niemand merkte etwas. Draußen auf der Dachrinne hörte man Tauben flattern. Draußen fanden sicherlich auch andere Männer und Frauen in der Lust eine Möglichkeit, ihrer Conditio humana zu entfliehen: Sterbliche unter Sterblichen zu sein, Gefangene innerhalb von Grenzen, die man uns auferlegt, ohne uns überhaupt zu fragen.

Spätnachmittag in seinem Bett. Was da geschah, konnte weder in meinem noch in seinem Leben vorprogrammiert sein. Es war synchron mit dem Bild im Fernseher. Es war brutal, schrecklich und wunderbar zugleich.

Nach dem Seminar fuhr ich oft quer durch Paris, um mich mit ihm zu treffen. Dann stieg ich schnaufend die Treppe mit dem roten Teppich zu seinem Stockwerk hinauf. Seine Tür war karmesinrot gestrichen und reflektierte meine Umrisse, meinen rasenden Eifer. Wie oft hatte mein Finger schon auf den Klingelknopf gedrückt? Wie oft hatte ich mir gesagt: Vielleicht ist er nicht da; es hat keinen Sinn, diese Geschichte weiter zu verfolgen, sie ist zweifellos durch den Lauf meiner Jugend zum Scheitern verurteilt. Aber immer öffnete er die Tür weit, und sein Blick zog mich aus unerfindlichen Gründen an, denn die Komplexität meines Verlangens schien mir entmutigend und absolut.

André hatte den Film *Mikrokosmos* ausgeliehen.

»Man muss ihn im Kino sehen, um sich in den Bildern zu aalen, aber es wäre schwierig, dich mitten im Kino auszuziehen.«

Welche Eingebung hatte ihn zu diesem Verhalten getrieben? Danach gibt es immer viele Fragen, aber es gibt keine Antwort; man kann nur feststellen, was war. An jenem Nachmittag war ich nicht nackter als all die anderen Male, die ich in seinen Armen lag. An jenem Nachmittag hatte er auch nicht anders mit mir gesprochen, sodass sich ein unbekanntes Gefühl in mir ausbreiten konnte. Ich lag einfach nur auf seinem Bett ausgestreckt und spürte, wie er mich wie immer mit glühender Leidenschaft begehrte. Als er den Fernseher anschaltete und eine Landschaft auf dem Bildschirm erschien, streichelte er sanft mit einem Finger meinen Schoß. Ich schloss die Augen. Er streichelte mich mit einer Akribie, die ich noch nicht an ihm kannte. Sein Finger drang jedes Mal mit mehr Kraft in diese herrliche Ritze ein. Ich folgte seinem Rhythmus, doch als ich die Augen aufschlug, sah ich, wie Insekten durchs Gras krabbelten, wie sie herumflatterten und die Blumen umschwirrten … War es die Entdeckung dieser winzigen Welt, die so weit von unserer Welt entfernt ist, die mich plötzlich in ihren Bann zog und ich meine Sinne nicht mehr mit dem Kopf kontrollieren konnte? Eine andere Erklärung habe ich nicht für das, was geschah. Der Alte Lover küsste meinen Hals und liebkoste meinen Schoß. Ich wollte nicht darüber nachdenken, warum er seinen Finger genau an der richtigen Stelle platziert hatte, warum seine Bewegung sich mit meiner Lust vermischte, warum, warum, warum ... Das Insekt stürzte sich auf ein anderes Tier und durchbohrte es mit seinem Stachel. Das Gras war voller Tragödien. Dann tanzten die Bienen in ihren Samtkostümen. Und dann, genau dann

KAM ICH!

Ein Paradoxon intensiven Empfindens und seiner totalen Abwesenheit! Der Alte Lover hatte ein so schönes Lächeln aufgesetzt, wie ich es noch nie zuvor an ihm gesehen hatte. Er war glücklich. Tränen tränkten meine Wangen, er leckte sie zärtlich ab. Ja, es ist wahr: Ich bin gekommen. Und ich wollte wieder und wieder kommen und diese neue Lust genießen.

Ich nannte ihn den »Italiener«; er war in Padua geboren. Er war schön und selbstbewusst. Ich hatte schon lange auf ihn Lust und hatte es ihm auch ausdrücklich zu verstehen gegeben. In der Kunst der Blicke hatte ich meine Waffen geschärft. Ein Blick wie eine Verheißung.

In der Nacht, als wir zum ersten Mal zusammen in den Laken lagen, begriff ich, dass ich nicht mehr dieselbe war.

Was war anders geworden? Ich strich mit dem Finger über meinen Schoß, um zum Höhepunkt zu kommen – die natürlichste Sache der Welt –, aber der Italiener begriff nichts. Er wollte meine Hand verdrängen und seine Hand auf meinen Schoß legen, er wollte der Herrscher über meine Lust sein, doch ich blieb beharrlich. In dieser Hinsicht fühlte nur ich mich in der Lage, mit dem Finger die Lust zu steigern. Ich wollte ihm zum Geschenk machen, dass ich ihn lehrte, wie er mich zum Höhepunkt bringen konnte. Ich war sicher, dass er das nach wenigen weiteren Nächten verstehen und akzeptieren würde und sich führen ließe.

Konnte dieses Buch die Säfte steigen lassen und bislang unbekannte Türen öffnen? Meine Eltern wissen natürlich nichts von all dem, daher will ich mich hinter einem Vornamen verstecken, der in meinen Ohren wohlklingend ist und am besten zu mir passt.

Nun, da ich zu mir selbst gefunden habe und die Männer mich nicht mehr in Verlegenheit bringen, nun, da ich nicht mehr darauf warte, dass Jungs mir ein aufgewertetes Bild meiner Selbst zurückwerfen, gehe ich gelassen und stark im Leben voran, in meinem Leben wie im Leben der anderen.

In dieser Welt der Gewalttätigkeiten und Missverständnisse will ich aufblühen und mich hingeben um der Lust willen, ein kleiner Teil des Glücks sein. Ist das nicht besser als all die Gräueltaten, die im Namen des Wahnsinns der Menschheit begangen und ertragen werden? Macht über andere schreckt mich ab. Anliegen, die mit der Faust verteidigt werden, sind mir zuwider.

Ich bin Sarahs Schwester und die Schwester aller Frauen. Ich bin die Geliebte aller Männer, ob sie nun mutig sind und achtbar, würdig und frei. Eines Tages werde ich sicherlich Mutter anderer Frauen und Männer sein. Eines Tages werde ich sagen, dass man wissen muss, wie man zum Höhepunkt kommt und wie man Lust schenkt.

Eines Tages werden mich sicherlich die Prüden verurteilen und meiner libertinären Einstellung wegen verdammen. Solche Leute schockieren und betrüben mich. Ich bin nicht pervers. Ich weigere mich nur, die Rollen zu spielen, die moralisierende Heuchler im Lauf der Zeit entworfen haben. Für mich ist die Lust ehrwürdig – nur die Gewalt ist für mich pornografisch. Und die Intoleranz, die Schwester der Ignoranz. Es macht mir Angst, in unserer heutigen Zeit immer mehr Leute zu sehen, die sich versklaven lassen von den Mechanismen, die ihnen die Arbeitsbedingungen, der Markt und die Medien aufzwingen.

Ich bin gekommen. Darauf bin ich stolz, und ich werde es wieder tun, so oft es geht, mit jenen Männern oder Frauen, deren Lebenseinstellung ich mag. Ich kann nun das Geheimnis auskosten, das in dieser überwältigenden Erfahrung liegt. Sie hilft mir, in dieser Welt zu bestehen, die oft traurig und brutal ist und in der sich die Eintracht zwischen den Menschen nur in wenigen Ausnahmesituationen verwirklicht.